笑う化石の謎

ピッパ・グッドハート
千葉茂樹 訳

あすなろ書房

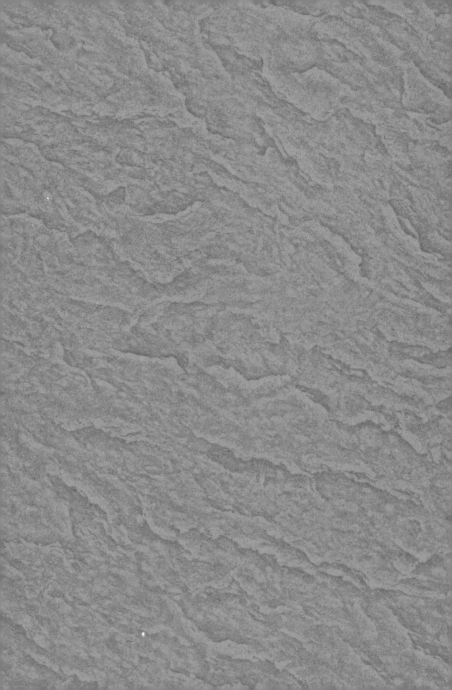

笑う化石の謎《なぞ》

THE BOY WHO DUG UP A DRAGON
by Pippa Goodhart

Published by arrangement with Margot Edwards working with
the Anne Clark Literary Agency–www. anneclarkliteraryagency.co.uk
through Tuttle–Mori Agency, Inc., Tokyo

イラストレーション／佐竹美保
ブックデザイン／城所潤(ジュン・キドコロ・デザイン)

グランチェスター、一八六〇年九月

第1章

　教卓《きょうたく》の上のヒナギク《デイジー》は、暑さにやられてしおれている。「薬いらず」。村の年寄りボグルさんは、デイジーのことをそう呼んでいる。その汁《しる》があざや切り傷をきれいに治してくれるからなんだそうだ。でも、ビルは父さんから教わった。デイジーという名は、昼の目《デイズ・アイ》からきていて、昼間ひらいた花が、夜になるととじるからだ。そのデイジーは、ビルが昼休みにつんできたものだ。午後の授業がはじまる前、教卓《きょうたく》の上にあったインク壺《つぼ》にさしておいた。デイジーは、インクもよろこんで飲むだろうか？　水みたいに。

　ビルは、しおれたデイジーとおなじぐらい喉《のど》がかわいていた。ただでさえ百人以上の生徒がぎゅうぎゅうづめで、蒸《む》し焼きになりそうなせまい教室に、きょうまた転校生が八人もやってきた。大勢の薄汚《うすぎたな》いほてった体から立ちのぼるすえたにおいから、ビルはにげだしたくてたまらない。ビルは窓辺のクモの巣にかかってもがくハエを見つめていた。ぼくはあのとらわれのハエだ。スネリング先生は、いまにもとびかかろうと待ちかまえるクモだ。

黒板の脇《わき》に立つスネリング先生の長細い顔は、汗《あせ》で濡《ぬ》れた巻き毛で縁《ふち》どられている。先生は白いチョークでコツコツ、キーキー音を立てて丸っこい文字を黒板に書いている。書きながら先生はたずねた。

「だれか、わかる人はいますか？」

……なぜ、ハエはくさったものを食べるんだろう？　クモはそのハエを食べ、鳥はクモを食べ、ネコは鳥を食べる。それから……ネコを食べるものもいるんだろうか？　ビルは考えた。もしかしたら、キツネ？　じゃあ、キツネを食べるのは？　ウジ虫だけだろうか？　そして、そのウジ虫はまたハエになる？

ビルは、ハエをからめとろうとかけつけたクモを見つめる。どうして、どのクモも、ハエをつかまえるねばねばした完璧《かんぺき》なクモの巣の作り方を知っているんだろう？　クモはハエより賢《かしこ》いってことなんだろうか？　ハエはほかの仲間に、クモの巣には近寄るなと伝える前に死んでしまうからなのかな？

「ウィリアム・エルウッド！」

いつもの愛称《あいしょう》ではなく、正式な名前で呼ばれたビルは、ぴょんと背筋をのばした。スネリング先生がにらんでいる。

「いま、わたしはなんといいましたか？」

生徒たちはスネリング先生からビルへと視線を移した。目にかかった熱い髪《かみ》の毛を上にむかって吹《ふ》きとばそうとしている子もいる。

ビルは口をひらいた。たったいま、スネリング先生がいったことばはわかっている。「いま、わたしはなんといいましたか？」だ。でも、先生がそれをききたがっているわけじゃないこともわかっている。たとえそれが正しい答えだとしても。先生が知りたいのは、その前にいったことで、それはビルにはさっぱりわからない。

「えっと……」

黒板の前にはスネリング先生を補佐《ほさ》する助教が立っているので、そこになにが書いてあるのかは見えない。

「どうなの？」スネリング先生の眉《まゆ》がいらだったように山なりになる。

パチン！

「いてっ！」なにかがビルの首筋にあたった。ビルはそれをぶつけた子をまっすぐ見つめた。転校生のひとりだ。そいつは体をひねってビルを見ると、すばやく舌をつきだした。舌の上には、かんで丸めた紙つぶてがのっていた。またすぐにでも吹《ふ》きとばせるぞってわけだ。ビルはそいつにむかって突進《とっしん》した。

「ウィリアム・エルウッド！」スネリング先生の顔は怒《いか》りでまっ赤に染まっている。「恥《はじ》を知りなさい！　この教室でけんかは許しません。転校生にそんな態度をとることも！　前にできなさい」スネリング先生が鞭《むち》に手をのばした。

スネリング先生の鞭《むち》さばきは、手のひらの肉を切りさくほど鋭《するど》かった。ナイフのようだ。そのあとビルは、ベンチに深くすわって、ズキズキ痛む手を脇《わき》の下にはさみ、青いインクがデイジーの白い花びらにしみていくようすを見つめていた。学校が終わるころには、花びらは完全に青く染まっていた。

ビルは、授業の終わりをつげるベルの音とともに学校をとびだした。

「おい、その手、おれたちに見せろよ！」テッド・ディリーが家にむかおうとするビルの腕《うで》をつかんでいった。「手のひらの縞々《しましま》を見せろって！」

「やめろよ！」ビルはテッドの手をふりほどいた。紙つぶてをぶつけた転校生が、弟や妹たちといっしょに、ちょうど校舎からでてきた。スミス家の連中だ。薄汚《うすよご》れたエプロンドレスを身につけた女の子たちの顔つきも、男の子たちとおなじぐらいけわしい。

「だれを見てるんだよ、ビリー・エルウッド？」紙つぶての子がいった。

「やっちまえよ、ビル！」テッドがけしかけたが、スネリング先生が姿を見せた。

「さっさと帰りなさい」先生はニワトリでも追い立てるように手をたたきながらいった。

ビルは家にむかって走った。すると、うしろから足音がきこえる。ふり返ると、あの紙つぶての子が追いかけてくる。ビルはむきを変えた。牧場《まきば》と川がある方にむかう。

「おい、びびってんのかよ！」うしろから叫《さけ》び声がする。

ビルはその声を無視した。草の生えた丘《おか》を川にむかってかけくだると、両手をつきだし、冷たい川に頭からとびこんだ。視界も音も水でかき消される。朝から暑かったので、母さんのことばを無視して靴《くつ》ははかずに登校した。はだしの足でバタバタ水を蹴《け》り、力強く両手を動かして、ぐんぐん川岸から遠ざかる。冷たい川のなかで、ビルの心はたちまちしずまった。

ビルの横でなにかがバシャンとはねた。川岸からとんできた泥《どろ》のかたまりだ。そうか、スミス家のあいつは泳げないんだなとビルは思った。しめた！　ビルは息つぎのために水面に顔をだすと、深くもぐって、川底でゆらぐ緑の水草の上をすべるように進んだ。水面は太陽の光を受けてキラキラ輝《かがや》いている。水を蹴《け》って、また水面に顔をだす。今度は体をひねってあおむけに水にうく。あいつはまだそこにいて、まぶしいのか、目の上に手をかざしてビルを見ている。ビルは背泳ぎで進みつづけて、川の流れのままにカーブを曲がり、あいつの視界から消えた。川岸に生えている大きなクルミの木の葉は、夏の最後の暑さにやられてひからび、茶色くなっている。そのクルミの木の低い枝からカワセミがとびたって、トルコ石のような明るい青をきらめかせた。ビルは体のむきを元にもどすと水車小屋にむかって泳いだ。

水車小屋に近づくにつれて、水車が立てるバシャバシャという音も大きくなる。ビルは水車小屋の横の、池の土手に上がるつもりだったが、川沿いのウィドノールさんの家の庭を歩くふたりの人影《ひとかげ》に気づいた。ひとりは麦わら帽子《ぼうし》をかぶったウィドノールさん。ビルの父さんの雇《やと》い主《ぬし》だ。もうひとりは小麦粉にまみれた粉屋のナターさんだ。ふたりに見つかって服を着たまま泳いでいるのを笑われたくなかったので、ビルは葦《あし》のかげにかくれてふたりの話をきいた。

「コプロライトがどんどこの村を変えていくな」ウィドノールさんが両手をふりながらいっている。「きみはあの採掘場《さいくつじょう》にやってきた新しい働き手を見たかね？　いったいだれだと思う？」

ビルはスミス家のことだろうと思った。コプロライトの採掘場《さいくつじょう》に仕事を求めてやってきたんだろうか？　コプロライトというのはなにかの化石で、細かく砕《くだ》いて粉にすると肥料になる。去年、新しい会社が村にやってきて、あちこちの畑で採掘《さいくつ》がはじまったばかりだ。畑で作物を育てるより、コプロライトを採る方がいいお金になるからだ。ビルは村に新しく人がやってくるのを見てうれしかった。ただ、それもきょう、スミス家がやってくるまでの話だ。

「残念だが、わたしの花のビジネスもこれで終わりかもしれないな」ウィドノールさんがいう。「父がたいせつにしてきた花畑も、じきになくなってしまうだろう」

「花畑をのこすってわけにはいかないんですか？」ナターさんがいう。

「無理だろうな。あの連中が調査したんだが、花畑のあたりは、とりわけコプロライトがたっぷり採れるようなんだ。花が勢いよく育つのもそのおかげなのかもしれない。もちろん、あそこはキングズカレッジの所有地なんだし、カレッジの連中はわたしやわたしの母のことより、金儲《かねもう》けの方がだいじなようだからな。きみはどう思う？」

「花畑をほかに移せないんですか？」

ウィドノールさんは力なくぶつぶついっている。ビルは日かげの冷たい水のなかで身ぶるいした。もし、ウィドノールさんの花畑がどこかに移るんだとしたら、父さんの仕事場も移るということなんだろうか？　ほかの村で暮らすというのは、どんな感じなんだろう？

「花畑を移動するというのは、たいへんな仕事だからねえ」ウィドノールさんがいう。「それに、この商売自体もむかしのようにはうまくいっていないからなあ。結局、禍《わざわい》を転じて福となす、ということになるのかもしれない。実をいうと、ほかにやってみたいことがあってね。気にかけなくちゃならない畑も働き手もどんどんへっているから、この先、わたしも自分の好きなことができるようになるのかもしれないよ」

「それじゃあ、だれかをクビに？」

それこそ、ビルがいちばん知りたいことだ。

「花の専門家たちってことになるだろうな。もちろん、連中には申しわけないが、コプロライトの採掘《さいくつ》会社が雇《やと》ってくれるんじゃないかと思うんだ。わたしに必要なのは、温室のめんどうを見てくれる優秀《ゆうしゅう》な園芸家ひとりだけだな」

優秀《ゆうしゅう》な園芸家、か。ビルはそう思った。父さんはまちがいなく優秀《ゆうしゅう》な園芸家だ。でも、うまれつき足が悪い父さんは、ウィドノールさんが望むいちばん優秀《ゆうしゅう》な園芸家といえるんだろうか？　父さんは十二歳《さい》のころから、長年にわたって一生懸命《いっしょうけんめい》働いてきた。最初は、ダリアの栽培《さいばい》と育種の偉大《いだい》な専門家だった先代のウィドノールさんのもとで。そして、そのあとはいまの当主であるウィドノールさんのもとで。父さんより長くつとめているのはバラードさんだけだ。そして、バラードさんはもう年寄りだ。ほかの働き手たちはみな父さんやバラードさんより体力があるけれど、経験がない。ビルは川からとびだして、父さんを雇《やと》いつづけてくださいと叫《さけ》びたかった。だって、もし父さんが仕事を失ったら、家族はどうやって生きていけばいいというのだろう？

ふたりが屋敷《やしき》の方に歩いていったので、ビルは川からでた。濡《ぬ》れた服と心配のせいで、体がずっしり重い。ビルは体をひきずるように家まで走った。父さんに知らせなきゃ。母さんの体調が悪いいま、家賃や食べ物を買うお金以外にも、お医者さんに支払《しはら》うお金が必要なんだから。

ビルはウサギよけのフェンスをとびこえて裏庭にはいった。着地したのはさわぎ立てるニワトリのどまんなかだ。ビルは家の裏の母屋《おもや》にくっついた小屋の台所にはいり、居間にむかったけれど、レンガの床《ゆか》にしずくをたらしながら急に立ち止まった。目の前には母さんだけではなく、牧師のバックルさんの奥《おく》さんがいた。バックルの奥《おく》さんは、鼻をクンクンさせ、顔をしかめてビルを見た。

「ビリー！」母さんがいった。「どうしたの、そのかっこう！　すみませんね、バックルさん」

「泳いできたんだ。暑かったから」

「だけど、どうして……？　こんなところをお見せして、ほんとうにお恥《は》ずかしい」

バックルさんは父さんの木の椅子《いす》に、背筋をしゃんとのばしてすわっている。不愉快《ふゆかい》そうに口を真一文字に結び、いまはビルから目をそらしている。

「すぐに、着替《きが》えてきなさい、ビリー！」母さんがいった。「バックルさんは、ご親切にもわたしたちを助けに……。ああ」母さんはことばをつまらせて、手で口をおおった。

「母さん？」

「だいじょうぶ、ちょっと心配ごとがあるだけだから。さあ、体をふいてきなさい、ビリー」

ビルは部屋の奥《おく》のドアをあけて、暗くて急な階段をかけのぼり、両親の部屋にはいった。そして、その部屋のすみにある梯子《はしご》をのぼって、自分の小さな屋根裏部屋にかけこんだ。そこで濡《ぬ》れた服をぬぎ、かわいた服に着替《きが》えながら、あれこれ考えた。母さんはいったいなにを心配しているのだろう。

父さんは、もうクビになってしまったんだろうか？

第2章

ビルがそっと階段をおりてくると、バックルさんはちょうど帰るところだった。母さんは大げさなぐらい丁寧《ていねい》にお辞儀《じぎ》をしながら、お礼をいって送りだしていた。ようやくドアがしまると、母さんはくずれるように椅子《いす》にすわって、すすり泣いている。

「母さん？　なにがあったの？」

色あせたペイズリー柄《がら》のショールを羽織った母さんの、やせた肩《かた》に手をまわしてたずねた。

母さんはビルにもたれかかるように首をかたむけた。

「いまはきかないでちょうだい、ビリー。父さんが帰るまでなんにも話せないから」

ということは、やっぱり父さんに関係のあることなんだ。そう考えて、ビルはいやな気分になった。ビルは大きく息を吐《は》きながらいった。

「晩ごはんは、ぼくが作るよ。ジャガイモがあったよね。あとは……」

「お願いビリー、どこにもいかないで」母さんがとつぜんビルの腕《うで》をつかんでいった。

「ジャガイモは裏のバケツのなかだよ。地球の反対側にあるわけじゃあるまいし!」ビルはそういって笑った。

「そうじゃなくて……。いいの、気にしないで」母さんはそういって手をはなした。「そうね、ジャガイモにしましょう。そうすれば父さんも……」

「『父さん』がなんだって?」ちょうどそこに、玄関《げんかん》のドアを通って父さんのウィリアム・エルウッドが帰ってきた。薄《うす》くなりはじめた金髪《きんぱつ》の頭からさっと帽子《ぼうし》をぬぐと、壁《かべ》の掛《か》け釘《くぎ》にむかって投げる。帽子《ぼうし》はみごとに釘《くぎ》にひっかかった。

ということは、父さんはクビになったわけじゃないんだ! ビルはそう思った。でも、まだ知らないだけなのかもしれない。

父さんは両手をこすりあわせながらにやっと笑った。「ウィドノールさんに花選びをまかされたよ。土曜の品評会のダリア部門に出品する、いちばんいい花選びをね。すごいと思わないか?」そこで父さんは母さんの表情に気づいた。「いったい、どうしたんだい、サリー?」

「バックルの奥《おく》さんがきてたんだ」ビルがいった。「そのせいで心配ごとができたんだって」

「リリーなの」母さんがいった。

「リリーって?」ビルがおどろいてたずねた。「だれなの、リリーって?」

「妹よ」母さんがビルに顔をむけていった。「もう何年も会っていないわたしの妹。リリーはおまえの……。そう、おまえのおばさんなのよ、ビリー。リリーとフレッドがこの村にもどってきたんですって。リリーからうちと親戚《しんせき》だってきいたバックルの奥《おく》さんが、それを伝えにいらっしゃったの。それでわたしはとまどっちゃって。リリーとフレッド、それに子どもたち全部。あの人たちったらすごく……。そう、すごくがさつだから。バックルさんもそう思ったみたいだし」

「そんなことだったの、母さん！」

「それは、まあ」父さんは椅子《いす》に腰《こし》をおろしながらいった。「そんなに悪い話じゃないじゃないか、サリー。どうしてここにもどってきたのかはきいたのかい？」

「フレッドがコプロライトの採掘《さいくつ》会社で働くことになったんだって、バックルさんがおっしゃってた。家族みんなでバグズ通りのドーリーさんの家に引っ越《こ》してきたんですって。全部で十三人もいるっていうのよ！」

背筋にうすら寒いものを感じながらビルはたずねた。「そのリリーおばさんって、苗字《みょうじ》はスミス？」母さんの顔を見て、答えがイエスなのだとわかった。「ということは、あのスミス家の子どもたちは、ぼくのいとこってこと？」会ったその日から自分をきらっているいとこたち！「そんな人たちがいるなんて、どうして、これまで話してくれなかったの？」

母さんがたじろいだような顔をした。「それはね……。わたしは、あの家族とは二度とかかわりあいたくないと思ってたからなの。それが理由よ。もうこの話はおしまいにしましょ」そういって、母さんはビルを指でさした。「それに、おまえもあの人たちとはかかわりあわないでほしいの、ビリー」

「だけど、母さんの家族じゃないか！　それって、ぼくの親戚《しんせき》でもあるってことだよ！」そこでビルは紙つぶてをとばした子のことを思い出した。母さんは正しいのかもしれない。あいつらとは、かかわらないほうがいいのかもしれない。


その夜、ビルはネズミどもがガサガサやっている藁《わら》ぶき屋根の下のベッドに横たわって考えていた。父さんの仕事のこと。スミス家の子どもたちのこと。この村にやってきた十三人家族のスミス家。ビルは自分のまわりの世界が変わりはじめたのを感じていた。ただ、この先どうなるのかは想像がつかない。ウィドノールさんの下で働きつづけるたったひとりに、父さんが選ばれるためのたしかな方法はないものだろうか？　ビルはいいことを思いついた。

第3章

「これから、ダリアの手伝いをしちゃだめ？」ビルは父さんといっしょに熱々《あつあつ》のオートミールと紅茶の朝食を食べながらたずねた。

「学校があるだろ」父さんがいう。「教育は……」

「……母さんが望む仕事をぼくにあたえてくれる、だよね」ビルはため息をついた。母さんはビルに室内でするような仕事につくことを望んでいる。でもビルは帳簿《ちょうぼ》の前にはりついて、計算をしたり細かい字を書きこんだりといった仕事はまっぴらごめんだった。「だけど、学校がはじまるのは九時だよ。それまでに父さんの荷物を運ぶよ」足の悪い父さんにとって、重い植木鉢《うえきばち》や缶《かん》を運ぶのはつらい仕事だ。父さんはほとんどの時間を温室のなかのベンチのそばに静かに立って、ダリアを植えたり、移植したりしている。

「まあ、たしかに、花の品評会まで、準備しなくちゃいけないことはたくさんあるんだ。手伝ってくれるのは助かるよ」

「もし、父さんが賞をとったら、母さんはどんなによろこぶかな？」ビルはいった。それに、もし、父さんの花が賞をとったら、ウィドノールさんは父さんから仕事をうばうことはできないだろう。ビルはオートミールを食べ終わると、ボウルと鍋《なべ》を洗い場のバケツにいれて、自分のジャケットに手をのばした。

その日の朝は、寒くてじめじめしていた。でも、地面から立ちのぼったばかりの霧《きり》が、朝日でバラ色に染まっている。賛美歌の歌詞にあるように、すべてのものが明るくてきれいだ。ビルは、二週間前に教会でおこなわれた収穫祭《しゅうかくさい》の礼拝にいったときのことを思い出した。角材と泥《どろ》、藁《わら》だけで作られたみすぼらしい小屋の横を通りすぎたけれど、庭のキャベツの合間にひらいた色とりどりの花に日があたって、とても明るくてきれいだった。

おなじ賛美歌の歌詞になかったっけ？『富めるものは城に住み、貧しきものは門に立つ、神はそれぞれに見合ったものをあたえる』金持ちのウィドノールさんはりっぱなレンガ造りの家に住んでいるだけでなく、庭に、わざとくずれかけたように見せかけた、おかしなレンガ造りの城を建てた。「廃墟風《はいきょふう》」というんだそうだ。でも、雨風もしのげないような建物を、なぜわざわざ建てたんだろう？　もし、ビルにお城を建てるだけのお金があるのなら、ちゃんとした城を建てる。でも、お金持ちの紳士《しんし》たちは、下々《しもじも》の人間には思いつかないようなことを考えるらしい。

父さんはウィドノールさんの温室に通じる門をあけた。貧しきものが、富めるものの門にいる。でも、ビルの家族は貧しいというわけではない。村の大方の人よりは豊かだろう。ビルはちゃんとした靴《くつ》を持っているし、母さんは食器棚《しょっきだな》にかわいらしいお皿を何枚か持っている。毎週日曜日には肉を食べている。でも、もし、父さんが職を失ったら？

「これを運んでくれるか、ビリー？」父さんがそういって、天水桶《てんすいおけ》でくんだ水でいっぱいのジョウロをビルにわたした。

「コプロライトの採掘《さいくつ》現場を広げるらしいんだけど、知ってた？」ビルは父さんの顔を見ながらいった。

「そうなのか？　古い石ころがとつぜん金に変わるっていうんだから、おどろくよな」

「じゃあ、これまではコプロライトを使ってなかったの？」ビルはジョウロをベンチの上に置いていった。

「ああ、使ってなかったさ」父さんはダリアの花をそっと指でつついて、害虫がいないかさがしている。つぼみからもぞもぞ動くハサミムシをつまみとった。それから、新聞紙の山を顎《あご》でさしながらいった。「新聞をすこし裂《さ》いてくれないか。そいつをひねって、小さな袋《ふくろ》にしてほしいんだ。ハサミムシをいれるのにな」

ずねる。

「じゃあ、だれがコプロライトを使いはじめたの？」新聞をちぎって、ひねりながらビルがた
「ここからずっと東にいったところの農夫が、荷車に『サフォーク石』を積んで運んでたんだ。道にあいた穴を埋《う》めるためにな。ところが、その荷車が穴のひとつにはまって、ひっくり返ってしまった。それで、積んでいた石は道路わきの畑にぶちまかれてしまったんだ」

「サフォーク石ってなに？」

「石くれさ。ノジュールと呼ぶものもいる。ノジュール、糞石《ふんせき》、コプロライト、化石。ややこしいから、呼び方はどれかひとつにきめてほしいもんだ。まあ、それはともかく、畑にちらばった石くれは、もちろん回収していった。それでも、荷車の底にたまっていた石くれの細かい屑《くず》までは拾いきれなかった。つぎの年の夏、どうなったと思う？　そのあたりのカブだけが、畑のほかのところにくらべて、でかく、おいしく育ったんだ。それで、農夫たちはあの石くれの屑《くず》のおかげにちがいないと考えたわけだ」父さんはダリアの植木鉢《うえきばち》の受け皿に、慎重《しんちょう》に水をやっている。「それ以来、大学の学者さんたちがその石くれを研究しはじめて、コプロライトは植物や動物の一部が石になったものだってことがわかったのさ」父さんは温室の別の列の植物に水やりをするために体のむきを変えた。「血や骨が肥料に使われてるのは知ってるだ

ろ？　あれはな、古い骨を粉にしたものなんだ。あの石くれもおなじ働きをするってことだな。古い古い骨だとしてもな。粉砕化石肥料《ふんさいかせきひりょう》って呼ばれてるよ」父さんはジョウロを地面に置いた。「あの石炭のかけらを覚えてるか？」

去年の冬、ビルはウィドノールの奥《おく》さんからたのまれた仕事で、いくらかのお駄賃《だちん》をもらった。上質の石炭のかたまりを、暖炉《だんろ》で使いやすい大きさに細かく砕《くだ》くという仕事だ。ピカピカに光る大きな石炭のかたまりを、先のとがったハンマーでたたくのだが、たたきどころがよければ、石炭はきれいにまっぷたつに割れる。父さんにやり方を教わったビルが、はじめて割った石炭のなかからすばらしいものが姿をあらわしたのだった。

「シダだ」そのとき父さんはいった。「こいつはおどろいたな！」ふたりはシダの形がよく見えるように、石炭をかたむけて光をあてた。「葉っぱのはじっこがくるくる巻いているようすまで見えるぞ。ウィドノールさんの温室に生えているシダの葉と、そっくりおなじじゃないか」

「葉っぱについてる、このつぶつぶはなに？」そのときビルはたずねた。

「胞子《ほうし》だよ。シダっていうのは花をつけない植物だ。だから種もできない。その代わりに胞子《ほうし》をつける」父さんは顎《あご》をさすりながらいった。「考えてもみろよ。このシダの葉が石炭に変わるまでに、いったいどれほどの時間がかかったんだろうな。駄賃《だちん》をもらいにいくとき、ウィドノールの奥《おく》さんにこのシダを見せるんだな」

いわれた通りにすると、奥《おく》さんは一ペニーよけいにくれた。でも、本心では、ビルは自分の手元に置いておきたかった。

「やわらかい動物や植物が、どうして石に変わるの？」ビルはハサミムシを花びらからつまみとりながらたずねた。

「不思議だよな」父さんがいう。「もちろん、やわらかい水だってかたくなるんだけどな」

「氷だね」ビルは父さんとあれやこれや考えるのが大好きだった。

「それに、水は暑い日には空気のなかに消えてなくなるぞ。気体に変わったってことだな」父さんがつづける。「この世界は不思議だらけだな、ビリー。だが、ひとつひとつにはちゃんと理由があるはずなんだ。まちがいない。おれたちにはその理由がわからないとしてもな。さて、ここの花から害虫どもを一匹《ぴき》のこらずとってくれよ。やつらはこっそりかくれてて、ちょっと油断すると花びらを食っちまうからな」父さんはひらきはじめたばかりの栗色《くりいろ》のつぼみの奥《おく》を傷つけないように、ピンセットを使ってハサミムシをそっとひっぱりだした。

「これは『ウィドノールズ・グランタ』っていう品種だ。このダリアは品評会の最優秀《ゆうしゅう》候補にのこる六本用に育ててるんだ。この品種を最初に作ったのは先代のウィドノールさんだ。だから、いまのウィドノールさんもこれを優勝させたいと思ってる」

「父さんが選ぶことになってる最高のダリアはどれ？」ビルがたずねた。

「ああ、やっぱり先代のウィドノールさんが改良したキング・オブ・ダリアにみごとなのが何本かあってな。そのなかでも、特別に目をつけてるのがあるんだ。見せてやろう」父さんは足をひきずりながら、別の温室にむかった。

キング・オブ・ダリアは、ピンクに縁《ふち》どりされた白い花びらの花だった。

「ねえ、父さん。もし、この花を青にできるとしたらどう思う？」

父さんは声をあげて笑った。「青いダリアなんてものは、これまでひとつもないんだ。それに、土曜日までの二、三日で新しい色の花を育てるなんてできっこないさ。何年もかかる仕事なんだからな」

「だけど、ぼくはすぐに青くする方法を知ってるんだ。インク壺《つぼ》につけるんだよ」

「ほんとうか？」父さんはビルの顔をまじまじと見つめた。

「ほんとうだよ。デイジーでやったことがあるから」

「青いダリアだって？　長年、ダリアを育ててきたウィドノールさんの家族だって、そんなものは見たことがないはずだ」父さんはにやっと笑った。「こいつはひとつためしに……」

第4章

ビルは温室から学校まで大急ぎで走った。暑くて狭苦《せまくる》しい教室のベンチにすべりこんだのは、ちょうど始業のベルが鳴り終わったときだった。あの、紙つぶてのスミスの子がふりむいてビルを見た。こいつは、ぼくがいとこだと知ってるんだろうか？

「アルフレッド・スミス、顔を前にむけなさい！」スネリング先生がいう。

そうか、こいつはアルフレッドっていうのか。ビルはそう思った。

昼休みに、校庭でアルフレッドと弟、妹たちにとりかこまれた。

「ビリー・エルウッド！」みんなが口々《くちぐち》にいう。

「ビルだよ」ビルはいった。父さんと母さんはビリーと呼ぶけれど、家の外ではビルと呼ばれたかった。だが、それをいった瞬間《しゅんかん》、スミス家の子どもたちに武器をあたえてしまったことに気づいた。

「ビリー・エルウッド！　マヌケ《シリー》の・ビリー・エルウッド！　くさい《スメリー》・マヌケ《シリー》の・ビリー！」

自分が、みすぼらしいスミス家の子どもたちほどにおわないのはわかっている。それに、ビリーもビルもいい名前だと知っている。それでも、スミス家の子どもたちにくさい《スメリー》だのマヌケ《シリー》だのいわれていい気持ちはしなかった。しかも、こいつらのせいで、長年ビルの友だちだった連中まで、急に距離《きょり》をとりはじめた。

「ビリーの家族は、みんなひらひらの女のズボンをはいている！」スミス家のいちばんチビがいった。

「おまえらも、うちの親戚《しんせき》じゃないか！」このひとことで、だまらせることができると思っていった。ところが、スミス家の連中はますます調子づくばかりだ。ということは、こいつらは、はじめから親戚《しんせき》だって知ってたってことか。そして、ぼくの家の方がりっぱだと思ってやきもちをやいてるってことか！

スミス家の子どもたちはビルからリンゴをうばいとって、ビルに見せつけるように自分たちのあいだで投げてはかじり、投げてはかじった。

母さんがきらうのも無理はないな、とビルは思った。

ビルが学校からもどると、ボグルさんが家にいた。いつもの古びた黒いドレスを着て、しなびたリンゴみたいな顔と白髪頭《しらがあたま》に、色あせて灰色になったくたびれたボンネットをかぶっている。ボグルさんはレンガの床《ゆか》にしゃがみこんでいた。床《ゆか》には水のはいったたらいが置いてあって、母さんがピンク色のはだしの足をそこにつっこんでいた。

「また、ぐあいが悪いの、母さん？」ビルはたずねた。

「ああ、足がちょっとね」答えたのはボグルさんだ。ボグルさんはテーブルの脚《あし》をつかんで、よっこらしょと立ち上がった。「すっかりむくんじまってるから、酢《す》につけてたのさ。これがいちばんなんだよ、こういうときには……」

「ねえ、ビリー、ボグルさんにスモモのジャムを持ってきてあげてちょうだい」母さんがいった。「ボグルさんはお好きでしたよね？　すぐに持ってこさせます」

でも、ボグルさんは床《ゆか》から立ち上がったときに乱れた息を整えるのに、父さんの椅子《いす》にすわったままだ。

「ああそうだ、ビル。信じられないような足をした赤《あか》ん坊《ぼう》がいたのを思い出したよ」ボグルさんがいった。

ボグルさんはこの村で長年にわたって赤《あか》ん坊《ぼう》をとり上げたり、病人の看病をしたり、亡《な》くなる人をみとったりしてきた。

「へえ、その赤《あか》ん坊《ぼう》の足の話、もっときかせてよ、ボグルさん」ビルは母さんとボグルさんがジャムのことを忘れてくれないかと思ってそういった。ビルは母さんが作ったスモモのジャムが大好きだし、ボグルさんは村の人たちからジャムだのなんだの、たくさんもらっているからだ。

「いいだろ」ボグルさんはひと息ついていった。「そのあわれな赤《あか》ん坊《ぼう》の足にはね、右にも左にも六本ずつ指があったんだよ。ふつうの指五本の外側にもう一本ずつあったんだ。悪魔《あくま》のしわざだという人もいたね」

「ジャムはピクルスの瓶《びん》のとなりだよ」母さんは早くとってくるように、顎《あご》で合図した。「さあ早く、ビリー」

でも、ボグルさんは気にせずつづける。「なんで悪魔《あくま》がわざわざ赤《あか》ん坊《ぼう》によぶんな指をつけるのか、あたしにはさっぱりわからないけどね。でも、あたしは牧師じゃないから」そういってボグルさんはくすくす笑った。「そのよぶんな指は幸運の印だという人もいるんだよ。でも、そんなはずないと思わないかい?」

母さんはビルをにらみつけている。ビルはしかたなくジャムをさがしにいった。棚《たな》からいちばん小さいスモモのジャムの瓶《びん》をとってくると、ボグルさんにわたした。

「ありがとうよ、ビル」ボグルさんはビルの腕《うで》を軽くたたきながらいった。「おまえさんが赤《あか》ん坊《ぼう》だったころのことは、よく覚えてるよ。おまえさんは……」

「それじゃあ、そろそろ、ボグルさん」母さんはそういって、つらそうに立ち上がろうとする。

「だめだよ、サリー。動いちゃだめだ!」ボグルさんはそういって、自分が立ち上がった。

「足のむくみがとれるまで、足を酢《す》につけてなきゃ。むくみがとれたらビルにたのんで、たらいの水をごみの山の上に捨てさせるんだ。そうすれば、水といっしょにむくみもきれいさっぱり流されるから。見ててごらん」

痛みが酢《す》に溶《と》けでるってほんとうなんだろうか? ビルはうたがっていた。きのう、川の水はビルの怒《いか》りを洗い流してくれたような気がする。だとしたら、この話もほんとうなんだろうか?

「ボグルさんに杖《つえ》をわたしてあげて」母さんがいう。

「さっき話した赤《あか》ん坊《ぼう》のよぶんな指を、あたしがどうしたかわかるかい、ビル?」ボグルさんはビルから杖《つえ》を受けとりながらいった。ビルは首を横にふった。

「あたしはね、その両方の指に糸をきつく巻きつけたのさ。血が通わないぐらいきつくね。そうしたら、しおれた小枝みたいになって、二日後には、ぽろりと落ちてしまったよ」ボグルさんはそこで声をあげて笑った。「片方の指は犬に食われちまった。赤《あか》ん坊《ぼう》の母親が止めようとしたけど、まにあわなかったのさ!」

「まあ、気持ち悪い！　さあ、ボグルさん、もうお帰りにならないと」母さんがいう。

「その犬はそれからすぐに死んでしまった。それが悪魔《あくま》の指のせいかどうかはだれにも……」

「さようなら、ボグルさん」ビルはそういいながら、ボグルさんを追いだしてドアをしめた。

「あの人は、お昼すぎからずっといたのよ！」母さんがため息をつく。「あの人の話にはうんざり。さあ、それで学校はどうだった？」

「時間のむだだよ。学校、やめちゃだめ？　ぼく、もう十三歳《さい》だよ。ぼくが働けば、母さんのためにいい薬だって買えるのに」

「それはだめ。わたしはすぐによくなるから。おまえが教育を受けるのはとてもだいじなことなの」母さんはむくんだ足にはくストッキングをくるくる丸めはじめた。「ちゃんと勉強すれば……」

「だけどぼくは、銀行の仕事みたいなことはやりたくないよ！　父さんみたいな仕事がしたいんだ」

「ストッキングをはくから、ちょっとあっちをむいてて」母さんは背筋をのばし、ため息をつきながらいった。「そうね、でも、すくなくとも、リリーのところの子どもがやめるまではやめないでちょうだい」

「ぼくの勉強はだれよりも進んでるんだよ。学年が上の連中よりもね。スミス家の子どもたちのなかには、はじめっから学校にきてない子もいるし」

「そうだね、あの子たちは、きっと何年も学校に通ってないんじゃないかと思うわ。リリーはわたしの妹だけど」母さんは茶色の丈《たけ》の長いスカートを足首までふり落としながらいった。

「あの家族はほんとうにがさつなの。がさつで乱暴。フレッドは何度も仕事をやめてる。きいてるかぎり、あらゆる種類の仕事をね。しかも、いつもひどいやめ方をしてるみたい。あの家族はまじめじゃないのよ。ほんとうにそうなの、ビリー。そしてね、おまえの父さんのウィリアムはとてもまじめ」母さんはそこで自慢《じまん》げに鼻を鳴らした。「わたしはいい人を選んで、リリーはだめな人を選んだ。そういうことなの」

それがどうしたというんだろう？　ビルは不思議なことに、スミス家のいとこたちがうらやましかった。がさつだろうがなんだろうが。父親と母親だけでなく兄弟がたくさんいるし、いろいろとちがう種類の仕事をしてきたというのもおもしろそうだ。ビルは自分でも「まじめ」になりたいのかどうか自信がなかった。

その週、日がたつにつれて、学校にやってくるスミス家の子どもはどんどんへっていった。

最初にこなくなったのは、いちばん年上の女の子リジーだった。

「リジーは母さんの洗濯《せんたく》の仕事を手伝ってるんです」兄弟たちからはアルフと呼ばれているアルフレッドがスネリング先生にそう話していた。つぎにこなくなったのは、年長のふたりの男の子、エディとジョージだった。「採掘場《さいくつじょう》で働いてます」アルフがいった。

なんてうらやましいんだろう。自分で稼《かせ》ぐことができるなんて。あの子たちは広い空の下で、おとなの男たちの会話に耳をかたむけているんだ。聖書を学んだり、世界の川の名前を覚えたりする代わりに。ほかのどこにもいきやしないのに、世界の川の名前なんて、いったいなんの役に立つというのだろう。

学校では、ビルが相手にしないので、スミス家のチビたちもからんでこなくなった。チビどもはチビどもで、新しい友だちと遊んだり、自分たちでゲームをしたりするのにいそがしそうだ。

木曜日になるころには、ビルが視線を感じるのはアルフだけになった。そういえば昼休み、テッド・ディリーとアルフが話していた。テッドはアルフに年をたずねていたっけ。

「十三歳《さい》だよ」アルフはテッドをにらみつけるようにいっていた。おなじ年ごろの子どもにくらべて、自分が小さくてやせているのを気にしているんだろう。ビルは、とつぜん、いとこがかわいそうになったものだ。

「アルフレッド・スミス、顔は前にむけなさい！」スネリング先生は手に鞭《むち》を持っている。

「さあ、アルフレッド、答えなさい。十二割る三かける四はいくつ？」

長い沈黙《ちんもく》がつづいた。ビルは自分自身が苦しみを味わっているように感じた。「いま、わたしはなんといいましたか？」といわれ、答えられなかったときの苦しみだ。ビルのときとおなじように、ほかの子たちがにやにや笑いはじめている。ビルもアルフの失態を楽しめばいいんだと思ったが、とてもそんな気にはなれない。そこでビルは机をたたいた。ようやくアルフにきこえるぐらいに小さく。まずひとつたたいてしばらく間をおく。そして、つづけて六回。

「十六ですか、先生？」アルフがいった。

「正解です。よろしい、アルフレッド」スネリング先生がそういったので、クラスの緊張《きんちょう》がとけた。

授業が終わって学校からでてくると、ビッキー・スミスとその妹たちが待ちかまえていた。

「ビリー・ボーイ！」声をあわせてはやしたてる。「ビリー、ビリー、ビ……」

「やめろ、ビッキー！」アルフがどなるとビッキーはだまった。

金曜の朝、遅刻《ちこく》して教室にすべりこんできたアルフにむかって、ビルは軽く笑顔《えがお》を見せた。するとと、スネリング先生が前をむきなさいというまえに、アルフはビルに満面の笑顔《えがお》を見せた。

よし、いいぞ。ビルは思った。あとは父さんがダリアで賞をとって、仕事を守って、母さんのぐあいがよくなれば、日々《ひび》の生活はぐっと落ち着くだろう。そして、園芸家になるという夢にむけてがんばることだってできる。

第5章

その夜、父さんが仕事から帰ってきたとき、ビルは家の裏で靴《くつ》の手いれをしていた。裏口からでてきた父さんは、肩《かた》ごしに家のなかをちらっと見てから、そっとドアをしめた。

「やったぞ！」父さんはささやく。「いちばんいい花を何本か、インクをいれた水にさしておいたんだ。そうしたら、きれいな青色に染まったよ！　それはみごとだ。なんだか魔法使《まほうつか》いにでもなった気分だよ！」父さんはそういって微笑《ほほえ》んだ。

「ね、いった通りでしょ！」ビルは油で汚《よご》れたぼろきれを投げ捨て、ズボンで手をぬぐった。

「そのうちのどれかが賞をとるかな？　どう思う？　ウィドノールさんには見せたの？」

「いや、まだだ。ウィドノールさんご夫妻は、お客さんのもてなしで大いそがしだったからな。それに、品評会まで見せないでおいて、びっくりさせたいんだ。ウィドノールさんは新しい挑戦《ちょうせん》には熱心な人だから、きっとよろこんでくれるよ。はじめての青いダリアなんだからな！　おまえのおかげだよ、ビリー！」

「きっと優勝するよ」ビルはいった。そしたら、仕事のことも安心だね！

「母さんをおどろかせたいから、おまえはなにもいわないでくれよ」父さんはそうささやいて家にはいった。

でも、なにもいわなくても、なにかをかくしていることに母さんは気づいた。食卓《しょくたく》の用意をしながら母さんはいった。「ふたりとも、秘密を打ち明けたくて爆発《ばくはつ》しそうよ。きっと、あしたの品評会に関係のあることなんでしょうね。ちがう？」

父さんは顔をまっ赤にしていった。「おまえをおどろかせたいことがあってね。もし、あした賞金が手にはいったら、おまえに新しいドレスを買おうと思うんだ。何色がいいかな？」

それから、ビルと父さんが同時にいった。「青？」ふたりともくすくすと笑いだした。母さんはため息をついたけれど笑顔《えがお》だ。

つぎの日、三人とも夜明け前に目をさました。父さんは品評会に出品する花を荷馬車に積むため、すぐにウィドノールさんのところにむかった。母さんは厚く重ねたペチコートの上に、いちばんお気にいりの花柄《はながら》のモスリンのドレスを着た。

「ねえ、ビル、こっちにきて、ドレスの背中を縫《ぬ》いつけてくれない？　ボタンがひとつとれちゃったの。最後に着てからずいぶんたってるものね。ねえ、かびくさくない？　虫よけにラベンダーのにおい袋《ぶくろ》をちりばめておいたんだけど」

ビルは母さんから手わたされた針と糸で、精一杯《せいいっぱい》いわれた通りにした。「上からいちばんいいショールを羽織るといいよ。そしたら、ぼくの縫《ぬ》い跡《あと》も見えないから」ビルは髪《かみ》を水で濡《ぬ》らしてなでつけると、その上から帽子《ぼうし》をかぶった。かたい襟《えり》のせいで首のまわりがきつい。母さんは左右に分けた髪《かみ》をそれぞれ三つ編みにし、耳のあたりで輪にしている。スカートの下に父さんの二番目に上等な靴《くつ》をはいているとは、だれにもわからないだろう。

「すごくすてきだよ、母さん」

「そう？」

バスケットにゆで卵とポークパイ、リンゴとレモネードをつめているとき、ビルのおなかがグーグー鳴った。そのバスケットは母さんといっしょに荷馬車にのせる。

ウィドノールさんの荷馬車が家の前にとまり、母さんとランチのつまったバスケットをのせた。ビルが乗る場所はなくなったが、ビルにとってはありがたい。荷馬車が動きだすとすぐに、ビルは帽子《ぼうし》をぬぎ、襟《えり》をゆるめる。それから、ケンブリッジへの通り道にある品評会の会場めざして、牧草地を走りはじめた。

会場の芝生《しばふ》には、張《は》り綱《づな》でとめた大きな白いテントがいくつも張られていた。テントは風にあおられてバタバタと音を立て、野外ステージからは音楽がきこえ、犬たちは吠《ほ》え、子どもたちは叫《さけ》び、たくさんの人がおしゃべりしながら歩きまわっている。ビルは大きく広がったおしゃれなスカートをはいたご婦人が近づいてくるたびに脇《わき》にどいて道をゆずった。チェック柄《がら》のスーツや燕尾服《えんびふく》にシルクハットをかぶった紳士《しんし》もたくさんいる。みんなそれぞれいちばんいい服を着てきているにちがいない。母さんはご婦人方の帽子《ぼうし》やボンネットを飾《かざ》る花や羽根を見てよろこんでいるだろうな、とビルは思った。母さんはきっと楽しんでいるだろう。あわてて母さんをさがしにいかなくてもだいじょうぶだ。

ビルはいちばん近くにあったテントにはいった。イーリーの町の大聖堂かと思うぐらい大きなテントだ。父さんを見つけられるだろうか？　ものすごい人だかりで、展示された花の数もすごい。紫《むらさき》に黄色、ピンクに白、さまざまな形、さまざまな大きさの花が所狭《ところせま》しと飾《かざ》られていて、巨大《きょだい》な滝《たき》のようだ。香《かお》りもすばらしい。そう、ここここそが自分が身を置きたい場所なんだ。ビルはそう思った。ビルは針金の枠組《わくぐ》みや水を運ぶパイプ、花の背景の布の色など細部に目をこらした。花々《はなばな》を最大限に美しく見せるための、ありとあらゆる秘密がかくされている。

それにしても、あのダリアはどこにあるんだろう？

父さんのダリア専用のテントにあった。そこには植木鉢《うえきばち》のダリアもあれば、模型の小屋を置いて、おとぎ話の魔法《まほう》の丘《おか》や雪景色に見立てたジオラマ仕立てのものもあった。そして、テント奥《おく》の中央のテーブルの上には、賞をとったダリアの花瓶《かびん》がならんでいた。ビルは目を走らせる。白、紫《むらさき》、オレンジ、ピンク、黄色に赤、青いダリアはどこだ？　そして、それはあった！　横には賞の名が書かれた札が立っている。そばには誇《ほこ》らしげに顔を輝《かがや》かせた父さんも立っていた。

「見てごらん、ビリー」父さんが指さす。青いダリアのとなりにある札には「ウィドノールの青い神秘、優勝」と書かれていた。

「勝ったんだね！」そういったビルは、父さんにも負けないぐらい、満面に笑《え》みをたたえた。母さんもそこにいた。椅子《いす》にすわった母さんはハンカチでうれし涙《なみだ》をぬぐっている。

「もちろん、優勝したのはウィドノールさんなんだぞ」父さんはいった。「まだ、ウィドノールさんとは会っていないんだけどな。おれは庭師さんたちと話があるから、おまえは母さんをつれて、もっと品評会を見せてやってくれないか。アイスクリームでもなめながらな」そういって、ビルにウィンクした。それから、母さんにはきこえないようにいう。「おれは、若くて優秀《ゆうしゅう》な弟子をほしがってる人がいないかさがしてみるよ。大学の植物園でな。優勝したこの青い花は、おまえのおかげだっていってみるつもりなんだ」

ビルの胸は誇《ほこ》らしさでいっぱいになった。

ビルは野外ステージの横にベンチを見つけて母さんをすわらせた。頭上ではイギリス国旗がはためき、制服姿のバンドが陽気な音楽を奏《かな》でている。ビルと母さんはそれぞれ手にアイスクリームの小さな容器を持っていた。濃厚《のうこう》で冷たいアイスクリームをなめたビルは思わず目をとじていた。甘《あま》くてクリーミーなバニラの風味をじっくり味わうためだ。

「人生にはときどきいいことがめぐってくるんだね、ビリー」母さんがいった。「きょうは最高の一日だよ」

庭師の弟子の話を持ちだして、せっかくのこの瞬間《しゅんかん》を台無しにはしたくなかった。それでも、すぐにでも夢の仕事につける日がやってくるような気がしていた。どっちにしても、夏の終わりのこの日差しを、きょうは目いっぱい楽しまないと。父さんは優勝したんだし、自分もその手助けをしたんだから。

その日はなにもかもが幸せだった。夜になるまでは。三人は疲《つか》れを感じながらも幸せに包まれてスープとパンの夕食を食べていた。そのとき、家のドアにノックの音がひびいた。

第6章

ドン！　ドン！　ドン！

それはこぶしではなく杖《つえ》でたたいたような音だった。紳士《しんし》が持つ、金属のにぎりのついた杖《つえ》だ。ビルはそう思った。

「いったい、だれだろう？」父さんが椅子《いす》から腰《こし》を上げながらいった。

「エルウッド！」ドアのむこうから怒鳴《どな》り声がする。

「ウィドノールさんだ」父さんがドアに近づきながらいった。「いったい……」

フロックコートを着て、片手にシルクハットをかかえたウィドノールさんが立っていた。もう片方の手に、銀のにぎりのついた杖《つえ》を持っている。そばにはふたりの紳士《しんし》が立っていた。ウィドノールさんのふわふわしたほおひげが怒《いか》りでふるえている。

「とんでもないことをしてくれたな、エルウッド」ウィドノールさんが父さんをにらみつける。

「よくも大勢の面前でこのわたしをこけにしてくれたな！　ダリアの専門家たるウィドノール

の名に、おまえは泥《どろ》をぬったんだぞ！」

「いったい、どういうことなんでしょう？」父さんはわけがわからないというように、両手をひらいていった。

横にいた紳士《しんし》が答える。「賞をとったあの青い花を作りだすのに、卑劣《ひれつ》な手を使ったのは明白だ。したがって、われわれはウィドノール氏から賞を剝奪《はくだつ》する。あの花にかんして、ウィドノール氏はいっさいかかわりを持っていないとうかがっている。おまえひとりがおこなったいかさまなんだな？」

「いかさまですって？」父さんがいう。

「あれはぼくが考えたことなんです！」ビルは父さんを押《お》しのけてそういった。でも、だれもビルを相手にしない。ウィドノールさんは、父さんにむかってビルの頭ごしに指をふり立てている。学校でスネリング先生がいたずら坊主《ぼうず》たちにするのとおなじ仕草だ。

「おまえはインチキをやったんだ、エルウッド！」ウィドノールさんはつづける。「こちらのおふたりは、品評会の審査員《しんさいん》だ。さきほどウィドノールの青い神秘を調べにわが家にいらっしゃった。そしてそこで、白い花とインク壺《つぼ》、それにインクのはいった水にさされた青く染まりかかった花を見つけたというわけだ」

「ええ、そうですとも。それが花を青くする方法なんです」父さんはふるえながらそういった。「ですが、わたしはルール集を何度も注意深く読みました。花に色をつけるのが違反《いはん》だとは、どこにも書かれていませんでした。どんな手を使っても、優勝する花を作れとおっしゃったから……」

「わたしのせいだといいたいのか?」ウィドノールさんが怒鳴《どな》った。「いやはや、おまえはもうすこしまともな人間だと思っていたよ。花を育てるうえで、自然に反する方法で花に色をつけるのが許されないのは当然のことだろう。あまりにもあたりまえのことだから、ルール集にも書かれていないんだよ!」ウィドノールさんは首を左右にふった。「わたしは悲しいよ、エルウッド。おまえは長年にわたってわが家につかえてきてくれた。きょうまでは、ずっと模範《もはん》的な働き手だった。だがな、いかさまをおこなうような人間を雇《やと》っておくわけにはいかない。特に、このわたしにいかさま師の汚名《おめい》を着せるような人間はな。おまえにはきょうかぎりやめてもらう。あしたには私物をまとめて、仕事場からでていってくれ」

それだけいうと、三人の紳士《しんし》は帰っていった。あとにビルと母さん、父さんをのこして。三人は、なにもいわずに、ただおたがいに見つめ合うばかりだった。

第7章

家族をくじけさせたのは恥《は》ずかしさだった。

「村のみんなに、どう顔むけすればいいの？」青ざめた母さんが、ふるえながらいった。「バックルさんや……ああ、リリーに！　村の笑いものよ！」

それからの数日、父さんはほとんど口をひらかず、自分で自分にあきれているような絶望の表情ですわっているだけだった。ビルは学校を休むわけにはいかない。昼休みには、生徒たちがおとなたちから仕入れたゴシップに花を咲《さ》かせていた。だれもが、ビルの父親をいかさま師あつかいだ。

「あれはぼくのせいなんだ。父さんじゃない」ビルがそういっても、だれもきいてくれない。おそらく、アルフ以外は。

「うちの父さんもやっかいごとに巻きこまれたことがあったんだ。ほかのやつらがなにをいっても無視すればいいさ。おれならそうするよ」ある日、終業のベルを待っているときに、アルフがそう話しかけてきた。

「ぼくはもう一度、あれはぼくが考えたことだってウィドノールさんにいいにいくよ」土曜日に、ビルは父さんにそういった。「わかってもらえれば、また仕事につけるかもしれない」

父さんは首を横にふった。「そんなことをしてもなんの役にも立ちゃしないよ。すこし前に、ジム・バラードがやってきて教えてくれたんだ。ウィドノールさんは働き手をやめさせようと手ぐすねひいてるってな。もう花の栽培《さいばい》はやめるつもりらしい。花畑の大部分をコプロライトの採掘場《さいくつじょう》にとられてしまったからさ。バラードがいうには、ウィドノールさんは働き手をクビにする理由をいつでもさがしてるってことだ。そしてこのおれは、これ以上ないりっぱな理由をあたえてしまったっていうわけだ」

「悪いのはあなたじゃないわ、ウィリアム！」母さんが、鍋《なべ》のなかをつつきながら、きびしい口調で吐《は》きだすようにいった。「わたしがこの子をちゃんと育ててさえいれば……」母さんの顔はこわばっていて、ビルがいたたまれなくなるようなものすごい目つきでにらんでいる。ビルは、ピシャリとドアをしめて外にとびだした。

母さんはぼくを憎《にく》んでいる。ほこりっぽい道を走りながらビルはそう思った。そして、母さんは正しい！　父さんから仕事をうばったのはぼくだ。家賃や食べ物を買うお金、医者への支《し》払《はら》いをどうしようかと心配する原因を作ったのはぼくなんだから。ただでさえ、母さんはむくんだ足をかかえてつらい思いをしてるというのに。ぼくのせいで、父さんと母さんにこの村で恥《は》ずかしい思いをさせることになってしまった。

ビルはひたすら走ってバグズ通りを通りすぎた。その通りには、小さな窓にあたたかいロウソクの灯《ひ》がともるスミス家があった。暗闇《くらやみ》にぼうっとそそり立つ教会の前も通りすぎる。さらに農園の敷地《しきち》に走りこむと、ロープにつながれた犬のレックスが見えた。農園主のライリーさんが飼っている年老いた犬だ。

「レックス」ビルは小さな声で呼んだ。息を整えながら手をさしだしてレックスににおいをかがせ、耳のまわりをなでてやった。馬がいないた。ビルはその声につられて、頭の大きな荷馬車用の馬がいる狭《せま》い空き地のゲートに近づいた。

「やあ、ドリー。ぼくはね、バカなことをやっちゃったんだ。おまえも、なにかバカなことをやったことあるかい、ドリー？」

馬のドリーは鼻からあたたかい息を吐《は》きながら、うなずくように首をふったので、ビルはすこし笑ってしまった。

「いいや、おまえはそんなことやってないだろ。おまえはいい子だもん。ぼくとはちがって」

ビルは草をすこしひき抜《ぬ》いた。それを手のひらにのせてドリーに食べさせながら、反対の手でかたくてじょうぶな首と、ビロードのような鼻をなでおろした。ドリーはビルをなぐさめるように、鼻をビルの脇《わき》の下にぐいぐい押《お》しつける。ドリーのその力強い仕草と、ちゃんときいてくれているような耳の動きに、ビルの気持ちはすこし落ち着いた。

「いい子だね、おまえは」ビルはそういった。父さんはもう二度と、自分のことをいい子だとはいってくれないだろうと思いながら。

ビルは夜遅《よるおそ》くなってから、そっと家にもどった。できるだけ音を立てないように掛《か》け金《がね》を上げ、階段をのぼった。

「ビルか？」父さんがベッドでささやく。

「ごめんなさい。なにもかも」ビルはいった。

「おれの方こそな。いいから寝《ね》なさい」

つぎの日、母さんはぐあいが悪くて教会にいかなかった。でも、ビルと父さんはいった。ふたりはうしろの方の席にすわった。ビルは、にこやかにおしゃべりをしながら最前列にむかって歩くウィドノールさん一家をじっと見ていた。

小さいときからビルはウィドノールさん夫妻を知っている。父さんはビルがうまれる以前からウィドノールさんのもとで働いてきた。ビルはちらっと父さんに目をむけた。父さんは打ちのめされたように、ひざの上に置いた手をじっと見ている。

礼拝式のあいだじゅう、ビルのなかで熱い石炭のような怒《いか》りがくすぶっていた。式の最後には、その怒《いか》りが炎《ほのお》を上げた。ビルと父さんは式が終わるとすぐに教会をでた。父さんは悪い足をかばうように杖《つえ》をつきながら家にむかった。しかし、ビルは「帽子《ぼうし》を忘れてきたから、とってくる」といって、とちゅうでひき返した。

ビルはウィドノールさんを待ち伏《ぶ》せした。ウィドノールさんは、奥《おく》さんとお母さんといっしょに教会をでてきて、牧師さんと握手《あくしゅ》をしている。

「ウィドノールさん、お願いです、きいてください！」ビルは声をかけた。

ウィドノールさんはため息をつき、奥《おく》さんとお母さんに先にいくよう合図した。

「いったいなんなんだ、ビル。おまえの父さんの仕事のことは、もうどうしようもないのは、おまえにもわかっているだろう」

「だけど、あれはぼくのせいなんです。インクで花を染めようって考えたのはぼくなんです。父さんじゃありません」

「あれはなかなかのアイディアだ。たいしたもんだと思うよ」ウィドノールさんはそういったが、すぐに表情をかたくした。「だがな、あれがどれほどひどいインチキなのか、おまえにはわからないのか？　おまえはバカな子じゃない。反省もせずいいわけをしようというのなら、邪悪《じゃあく》な心をうたがいたくもなるというものだ」

ビルはショックを受けた。邪悪《じゃあく》な心だって？　いいことをしようと思ってやったのに、それが邪悪《じゃあく》だって？

ウィドノールさんはつづけた。「もちろん、おまえの父さんのことは残念だよ。おまえのお母さんのぐあいが悪いのも気がかりだ。だがな、このダリアの世界でわたしの名をおとしめるようなことをした人間を雇《やと》っておくわけにはいかないんだ」

「父さんのために、推薦状《すいせんじょう》を書いてはいただけませんか？　つぎの仕事のために」

「なにを書くというんだ？　世間をだましたせいでクビにしなければいけなかった男です、とでも？」

ウィドノールさんはあきれたように眉毛《まゆげ》を上げると、帽子《ぼうし》を深くかぶり直し、ビルに背をむけて自分の屋敷《やしき》の方に歩きだした。強い風が教会の道を吹《ふ》きぬけて木の葉をゆらす。冬が近づいている。そして、風の冷たさがビルのおなかのなかで燃えていた炎《ほのお》をかき消して灰にしてしまった。これ以上、いったいなにができるのだろう？

第8章

それからの日々《ひび》はつらいものだった。寒さが増し、日が短くなり、生活はきびしくなっていった。昼ごはんは朝とおなじオートミール一杯《いっぱい》になった。晩ごはんはネギとジャガイモのスープだ。どちらも父さんが家庭菜園で育てたものだ。

「お客さんがきたときのために、最後の紅茶はとっておくわ」母さんがいった。「これはでがらしよ。熱い！」ティーポットをテーブルに置いた母さんがびくんとした。

「すわってなさい」父さんがそういって母さんからポットを受けとった。カップにそそぐと、そのお茶はただの水のように薄《うす》い色をしていた。「心配しなくていいから。あした、もう一度採掘場《さいくつじょう》に仕事をさがしにいくよ。新しい場所を掘《ほ》りはじめるから、きっと、もっと人手が必要なはずなんだ。そうなれば、おまえも足を高く上げて、一日ゆっくりお茶を飲んでいられるってわけだ」

このささいな冗談《じょうだん》に、父さんも母さんもにこりともしなかったことにビルは気づいていた。

つぎの日、ビルが学校から帰ってくると、母さんは編み物をしていて、父さんはなにもせずに椅子《いす》にすわっていた。

「ぼくのインクの花のせいでだめだったの？」ビルはたずねた。

「いいや」父さんは首を横にふりながら答えた。「そんなことはだれも気にしていないさ。ただ、足の悪い人間に採掘場《さいくつじょう》の仕事はないといわれただけだ」

ビルはなにもいわなかった。いうことなどなにもない。歩くのさえたいへんな人間が、健康な人より速く掘《ほ》れるわけがないのは当然だ。

それからの数日、父さんは仕事を求めて杖《つえ》をつきながら近くの村々《むらむら》をまわった。ケンブリッジの街まで歩いていって、大学や農場はもとより、ふつうの家までたずねても、仕事はなにひとつ見つからなかった。

土曜日、ビルは階段のとちゅうで立ち止まり、父さんと母さんの話を盗《ぬす》みぎきした。

「推薦状《すいせんじょう》がないと、だれもフルタイムじゃ雇《やと》ってくれないんだ。臨時雇《りんじやと》いの仕事だって、ほしがるのは健康で元気な人間だ」

「あのウィドノールさんのせいで！」母さんは野菜をきざみはじめた。バン、バンと包丁をたたきつけている。その音が止まった。「ねえ、ウィリアム、ウィドノールさんが花の栽培《さいばい》をやめるとしたら、チャンスなんじゃないの？　あなたがダリアの栽培《さいばい》をはじめればいいじゃない。規模は小さくていいんだから。『高級ダリア栽培《さいばい》、ウィリアム・エルウッド親子園芸社』なんてどう？」

息をつめてビルは父さんの返事を待った。父さんといっしょに働けるかもしれない。

「ああ、なかなかいいね。でも、資金がなくちゃ、土地も温室も買えないからな。それなのに……」

「……それなのに、ビリーがあなたの仕事をうばったから、お金もないってことね」母さんがまた大きな音を立てて野菜をきざみはじめた。

ビルは部屋にかけこんだ。

「どっちみち、ぼくは『親子園芸社』なんていやだよ」ビルは母さんをにらみつけるようにいった。「ぼくはぼくひとりでやりたいんだ！」そういうと、音高くドアをしめて、家をでた。

仕事を失って三週間後、家庭菜園からもどった父さんは、裏口で靴《くつ》を蹴《け》りとばすようにしてぬぎ捨てた。いつもはぬいだ靴《くつ》をきちんとならべるのに、その日はそのままほったらかしだ。

「もう、おしまいだ」父さんは母さんとビルにいった。「家庭菜園までとり上げられたよ」

「そんなこと、できるわけないよ！」ビルがいう。

「いいや、できるんだよ。あの家庭菜園は、ウィドノールさんのところで働く者だけが使えるルールなんだ」

「だけど、あそこの作物がなくなったら、わたしたち、なにを食べたらいいの！」母さんがいう。

父さんはため息をついた。「それから、この家を借りられるのも今月いっぱいだ」父さんは首を横にふった。「どうしたらいいのか、わからないよ」

父さんが弱音を吐《は》くのをきいたのははじめてだった。父さんはいつだって前むきだったのに。

「ぼくが働くよ」ビルがいった。「お願い、働かせて！」

でも、母さんはビルを指さしていう。「ビリー・エルウッド。おまえをただの労働者で終わらせないために、これまでずっと学校に通わせてきたのよ。おまえはわたしの希望までうばおうっていうの？　働くならわたしよ。フォークスさんに、またなにか仕事をもらえないかきいてみる。だけど、おまえは学校にいくの。それが、おまえの仕事。わかった？」

ビルは学校の授業に集中しようとした。けれども、学校は母さんが望むようなりっぱな人間に変えてくれるどころか、ビルを泥棒《どろぼう》にしてしまった。

「おまえはこの村のことならよく知ってるよな。リンゴをくすねるのにいちばんいいのはどこだ？」ある日の昼休みにアルフにそうたずねられた。そこで、リンゴを盗《ぬす》みにふたりでウィドノールさんの地所にしのびこんだ。リンゴの木にのぼるとウィドノールさんの屋敷《やしき》が見える。メイドが洗濯物《せんたくもの》を運びこんでいた。

「やつらにはつかまらないさ」アルフがいった。「もし、やつらがおれたちの気配を感じたら、リンゴをあさってのほうに投げればいい。そっちに目をむけてるあいだに、こっそりにげればいいのさ」

ビルはウィドノールさんからリンゴを盗《ぬす》むことに、よろこびとスリルを感じた。仕返しをしているような気がしたからだ。それに、アルフといっしょにやるというのも楽しかったし、甘《あま》いリンゴは大好きだ。これでぼくは、ほんとうに「邪悪《じゃあく》」な人間になってしまったな。ビルはそう思った。

年老いたフォークスさんの家での母さんの仕事は、三日しかつづかなかった。軽い仕事しかしなかったのに、三日目に農場で気を失い、たおれて頭を打ってしまったのだ。父さんが家までつれて帰った。親切なフォークスさんも、さすがにそのような状態の母さんを、それ以上雇《やと》ってはくれなかった。それでも、家でできる縫物《ぬいもの》の仕事はまわしてくれた。それで、ビルが家に帰ると、母さんは足をクッションの上にのせてすわって、大きな白いシーツの縁《ふち》をつらそうに黙々《もくもく》とかがりつづけていた。父さんは母さんのエプロンをつけて、家の裏の洗い場でガチャガチャ音を立てながら食器を洗っていた。ビルはしばらくその場に突《つ》っ立って、ふたりのようすを見ていた。

「母さん、リンゴ食べない？」ビルはウィドノールさんの家のリンゴをひとつ、ポケットからだしていった。

「どこで手にいれたの？」母さんがきびしい口調でたずねる。ビルは返事をしなかった。母さんはグスッと鼻をすすると、シーツの縁《ふち》に針を突《つ》き立てた。「盗《ぬす》んだのね？」母さんはリンゴを受けとらなかった。

母さんの仕事で手にしたのは二シリングだった。それはパン屋と肉屋、牛乳屋への支払《しはら》いで消えてしまった。家賃の支払《しはら》いにはまわらない。いまでは母さんはほとんど食事をしなくなっていた。それなのに、母さんの足とおなかはむくみつづけた。

「ちゃんと食べて、力をつけなくちゃだめだ」父さんがいう。「ニワトリが卵をうんでないか見てくるよ。半熟のとろとろの卵なら食べられるだろ？」そういって、ニワトリ小屋のある家の裏にでていった。

力をつけるには、どれぐらい食べないといけないんだろう？　ビルは暖炉《だんろ》を掃除《そうじ》して、新たに火をおこしながら考えた。火は木や石炭を食べる。そして、できれば村や町の家全部を食べ尽《つ》くそうとチャンスをねらっている。まずはたきつけに火をつける。すこしずつ太い枝をくべていって、最後には丸太だ。母さんの食欲のたきつけになるのはなんだろう？　牛の足のにこごりや牛肉のスープは病人むきじゃないだろうか？

「バックルさんは貧しい教区民に食べものを持ってきてくれるんじゃなかったっけ？」ビルがいった。

「バックルさんのようなご婦人は、泥棒《どろぼう》やいかさま師の家とはかかわりを持たないのよ」母さんが冷たくいいはなつ。

「リリーおばさんはどうなの？　会いにきてくれないか、きいてみようか？」

母さんが椅子《いす》から立ち上がっていった。「それだけはやめて、ビリー・エルウッド！　スミス家とはいっさいかかわりたくないって、いったでしょ」母さんの声に動揺《どうよう》を感じとって、ビルはどうしてとはたずねられなかった。知り合ってみると、アルフはいいやつだ。アルフのお母さん、つまりリリーおばさんを村で見かけたこともある。やせて疲《つか》れているように見えるけど、自分の子どもたちにはいつも笑顔《えがお》で接している。リリーおばさんも母さんとおなじで大きな口をしているなとビルは思った。でも母さんがその口で笑っているところをずいぶん長く見ていない。母さんが望む通りに学校に通っていてもだ。だとしたら、気にすることなんかあるだろうか？　ぼくたちにはお金が必要なんだ。そして、いまは父さんも母さんもお金を手にいれることができない。でも、ぼくは稼《かせ》げるかもしれない。

いまでは、学校にやってくるスミス家の子どもは、アルフと三人の弟たちだけになっていた。お兄さんのエディとジョージは、採掘場《さいくつじょう》で手押《てお》し車《ぐるま》係として働いて、たっぷり稼《かせ》いでいる。

ビルはアルフのとなりの席にすわってささやいた。「コプロライトの採掘場《さいくつじょう》で、もっと子どもを雇《やと》いたがってるかどうか知らない？」

「さあね。でもきいてやるよ。ただ、手押《てお》し車《ぐるま》係になるにはおれたちよりも年上じゃなきゃだめだし、採掘《さいくつ》の仕事は十六歳《さい》からなんだ」アルフはいったんそこでことばを切った。「もしよかったら、昼休みにおれんちにこないか？　親父にきいてみよう」

スミス家に足を踏《ふ》みいれるのを、母さんがいやがっているのはわかっている。でも、もうすでに悪い子だと思われているんだから、これ以上失うものなんかないじゃないか。

「うん、じゃあたのむよ。アルフのお母さんが気にしないんなら」

「あとひとりふえたって、うちじゃぜんぜん気にしないさ」

アルフのお母さんは、ビルの訪問を最初ひどくおどろいていたが、とてもよろこんでくれた。

「あら！　ビリーなんでしょ？　ビリー・エルウッドね？」

「はい」

「これからは、リリーおばさんって呼んでね。パンとバターしかないけど、せっかくだからお茶もいれるわね。あなたのおじさんのフレッドは、もうすぐお昼を食べにもどってくるわ」リリーおばさんはビルの顔をじっくりながめて、満面に笑《え》みをたたえた。それから手をのばしてビルの頭にふれた。「大きいのね、ビリー。うちのアルフよりずっと大きい」

「おふくろ！」アルフがいった。「あんまりビルにかまうなよ」

「じゃあ、すわってちょうだい、ビリー」

ビルがすわると、スミス家の子どもたちみんなにじろじろ見られた。だれかの家にいるというよりは、学校にいるような感じだ。

全員分の椅子《いす》がなかったので、おチビさんたちは階段にすわった。カップも足りないので、いっしょに使っている。お客さんとして、ビルには専用の椅子《いす》もカップもあった。だれの分をとっちゃったんだろうとビルは思った。

縁《ふち》の欠けた大きな皿にのったパンとバターめがけて、もつれあうようにたくさんの手がのびる。そのなかに、おそるおそるビルも手をのばしたとき、アルフのお姉さんのジェシーがいった。「人の分までとっちゃだめだよ！」

すこししか手にはいらなかったので、長持ちするようにゆっくり食べた。子どもたちはずっとしゃべりっぱなしで、ほかの子に負けないようにと、声はどんどん大きくなる。もう自分への興味がなくなったのを見て、ビルはほっとした。大さわぎと笑い声のなかにひっそりかくれていられる。ただ、リリーおばさんだけは別だ。ビルがおばさんの方に目をむけると、いつも自分を見つめていた。

「だいじょうぶか？」アルフがビルの耳元で叫《さけ》んだ。ビルはうなずく。ここ数週間、いっさい笑いのない静かな自分の家のことが頭にうかぶ。兄弟や姉妹がいるっていうのはすてきなことなんだろうなと思った。がさつな連中もいるし、いまも床《ゆか》で取っ組み合いをしている子らもいるけれど。母さんがきらいなのはこんなところなんだろうな。この家の子たちには、母さんのように品よく見せようというそぶりさえない。

フレッドおじさんが帰ってきた。戸口で身をかがめてはいってきたおじさんは、背が高く、がっしりしていて、窓からの日差しまでさえぎって、部屋が暗くなるほどだった。ビルは立ち上がってフレッドおじさんに席をゆずった。

「やあ、こんにちは」椅子《いす》にすわりながらおじさんがいう。「ところで、だれなんだい？」

「あなたの甥《おい》っ子ですよ」リリーおばさんがいった。

「ウィリアム・エルウッド、ビリーよ」

「ああ、そうだったのか。で、ご両親はどうしてる？」フレッドおじさんの声がそこでうれしげに大きくなった。「いやあ、きみのお父さんがなにをやったかきいたよ。たいしたもんだ。あのウィリアム・エルウッドが、ウィドノールさんのだいじな花にあんなまねをするだなんて、おれは考えもしなかったよ！」

「あれは父さんじゃなくて……。いいえ、気にしないでください」ビルは唇《くちびる》をかんだ。「あの、スミスさん。っていうかフレッドおじさん、いま、採掘場《さいくつじょう》でぼくくらいの子どもにもできる仕事がないかどうか、わかりませんか？」

「馬の世話係をさがしてたな。おれが知ってるのはそれぐらいだ」フレッドおじさんはそういうと、リリーおばさんから紅茶のはいったブリキのマグカップを受けとった。「きのう、ティモシー・ポーリーが木から落ちて足を折ったんだ。治るまで何週間かは使いものにならない。それでおれは親方のガンダーさんにうちのアルフを雇《やと》ってもらえないかってたずねたんだ。なあ、アルフィー、おまえはやりたくないか？」

「馬の世話係ってなにをするの？」アルフがいった。

「荷車に積む前にコプロライトを洗う、大きな回転式の洗浄機《せんじょうき》はわかるだろ？　あの機械を動かす馬を歩かせる仕事だよ」

「ぼく、できます」ビルがいった。

「父さんはおれの仕事だといっただろ！　おまえは別の仕事をさがせよ、ビリー・エルウッド！」アルフはとつぜん弟たちを乗りこえて玄関《げんかん》にむかおうとした。

ビルはアルフの袖《そで》をつかんでいう。「その仕事、必要なんだ」ふたりはチビたちを押《お》しのけて、ころがるように外にでた。「どうしても、必要なんだ」

採掘場《さいくつじょう》にむかって競《きそ》うように走りだしたビルとアルフのうしろから、フレッドおじさんの笑い声がきこえた。ビルは息をするのも忘れて走った。足が痛いのも気にならない。ビルはとにかく必死で走った。すぐとなりを、やせて小柄《こがら》なアルフが走っているのを気にしながら。アルフがとつぜん身をかがめてビルの脇《わき》の下をすりぬけて前にでた。ビルはアルフのシャツをつかむ。もう一度追いこそうとひっぱったとき、シャツのどこかがビリッと破けたのを感じた。ふたりはほとんど同時に採掘場《さいくつじょう》に着いた。ふたりとも息を切らしながら、注意をひこうと叫《さけ》び、腕《うで》をふりまわす。

「ガンダーさん、馬の世話係！」アルフがあえぎながらいう。

「その仕事、ぼくにやらせてください！」息を整えようと体をふたつに折りながら、自分を指さしてビルがいう。「お願いです」

「お願い、おれに！」アルフはピョンピョンとびはねながらいった。

ガンダーさんとほかの作業員たちは、厚板に腰《こし》かけて昼ごはんをかたづけているところだった。そこにいたみんなが、フレッド・スミスとおなじように笑い声をあげた。

「さてと」とガンダーさんはいった。「ふたりともなかなか賢《かしこ》そうだし、それだけ走れれば元気なのもよくわかる。だがな、どっちの方がよりこの仕事をやりたがってるのかは、おれにはどうでもいいんだ。おれが知りたいのは、どっちが馬の世話をきちんとできるかってことだけだ」

「おれです！」アルフは上げた片手をふりまわしている。まるで学校にいるときみたいだ。

「イプスウィッチに住んでたとき、ダイクスさんの牛乳配達を手伝ってました。ビール醸造所《じょうぞうしょ》の馬小屋の手伝いもずっとやってました。おれはアルフです。フレッド・スミスの息子《むすこ》の。親父からきいてると思うけど」

ビルはすっかりしょげてしまった。馬の世話なんて一度もしたことがないからだ。ビルがしてきた仕事といえば、植木鉢《うえきばち》を洗ったり、ウィドノールさんのために石炭を割ったりといった、かんたんなものばかりだった。ウィドノールさんがりっぱな推薦状《すいせんじょう》を書いてくれるはずもない。

「おれは馬具をつけることも、餌《えさ》をやることもブラシをかけることも全部できます！」アルフはガンダーさんの目の前で、まだノミのようにはねている。

「これできまりのようだな」ガンダーさんが立ち上がった。「だが、どっちと仕事をしたいのかきめるのはドリーだ」

ドリーだって！　ビルのなかに小さな希望の火がともった。

「ドリーってだれ？」アルフがたずねる。

「問題の馬だよ。あそこにいる」

灰色の毛におおわれた体の大きな、賢《かしこ》そうな目をしたドリーは、フェンスにつながれて草を食《は》んでいた。ガンダーさんとビルとアルフが近づくと、ドリーは頭を上げて近づいてきた。

「よお、ドリー」ガンダーさんが声をかけた。「このふたり、おまえはどう思う？」

ドリーは蹄《ひづめ》で大きな音を立てながらビルに近づいて、長い顔をやさしく押《お》しつけた。ビルはにっこり微笑《ほほえ》んで、ドリーの鼻をなでてやった。

「おい、ドリー。おいしい草でもどうだ？」アルフがひじでビルを押《お》しのけて、手のひらにのせた草をさしだした。

しかし、ドリーは見むきもしない。ドリーは鼻をビルの脇《わき》の下にいれて腕《うで》を持ち上げようとする。花の品評会から数日後の夜にしたように、耳をなでてほしがっているようだ。

「これできまりだ」ガンダーさんが笑った。「ビルだったな？　おまえの両親が賛成なら、すぐにでも仕事をはじめていいぞ。ちゃんと働けるとおれを納得《なっとく》させたら、毎週六シリング払《はら》おう」

心の奥《おく》のかたいものが、すこし溶《と》けたようにビルは感じた。もう学校にはいかない。仕事をするんだ。ドリーと。これで、父さんと母さんにお金をわたせる。

「だけど、そんなのずるいよ！」アルフがいった。

ガンダーさんは肩《かた》をすくめる。「これが人生ってもんだ、坊主《ぼうず》。悪いときもあれば、いいときもある」

アルフがビルに顔をむけて、大声で怒鳴《どな》った。思わずドリーがあとずさりするほどの剣幕《けんまく》だ。「おまえがこの仕事のことを知ったのは、おれのおかげじゃないか！　おれがいなけりゃ、この仕事のこと知りもしなかったくせに！」

アルフはビルになぐりかかった。ふたりは組んずほぐれつしながらなぐりあう。見物の男たちにはやしたてられながら。ビルは自分を守るために手をだしているだけで、アルフを傷つけるつもりはない。アルフのいう通りなんだから。自分がアルフだったら、やっぱりものすごく怒《おこ》っただろう。それでも、この仕事が家族を救ってくれる。長い腕《うで》でアルフをおさえつけるので、アルフのこぶしはなかなかあたらない。アルフはますます怒《いか》りをつのらせる。最後には、ビルの腕《うで》をふりほどき、家にむかって走り去った。

ビルはアルフの背中を見つめていた。友だちをひとり、なくしてしまった。でも、すくなくとも、仕事は手にいれた。

第9章

ビルは仕事の流れにすぐに慣れた。朝はこれまでとおなじで、教会の六時の鐘《かね》とともに起きる。いそいで着替《きが》えると、梯子《はしご》をおりて父さんと母さんの寝室《しんしつ》を通り、一階で朝ごはんをすませる。毎朝、父さんがオートミールを作って待っていてくれた。父さんはビルにいう。「さあ、いそげよ。ニワトリの世話だの雑用だのはおれがやっておくから。なんといっても、いまやおまえがわが家の大黒柱なんだからな」

食事がすむと、ビルはそそくさとでかけていく。

大黒柱と呼ばれるのはうれしい気もしたが、そこまでの稼《かせ》ぎではないことはわかっているし、父さんの目にうかぶ敗北感のようなものを見るのはいやだった。それに、母さんがビルを見るたびにうかべる、がっかりしたような表情を見るのは、いやでいやでたまらなかった。

母さんはほとんどの時間、ショールとパッチワークのキルトにくるまって、ただじっとすわっているだけだ。父さんは母さんにすこしでも食べさせようと、食べ物をお盆《ぼん》にのせて運んでいくし、あいかわらずボグルさんは母さんの足のむくみをとるために通ってきていた。もう、お土産《みやげ》にわたすジャムなどないのに。

けれども、いったん採掘場《さいくつじょう》にでてしまえば、ビルは家のことはすべて忘れた。まずまっ先にドリーのいる牧場《まきば》にいく。片手いっぱいの草をぬくとゲートをあけてなかにはいり、歯の裏に舌をあてチッチッと鳴らしてドリーを呼ぶ。その音をきくと、ドリーは大きな頭を持ち上げて、上下にふるとゆっくり歩きはじめる。これからハーネスをつけられて仕事だとわかっていながら、ドリーはいつでもビルのもとにやってきてくれた。

「いい子だね」ビルは手のひらにのせた草を食べさせながら、ドリーのあたたかくてほこりっぽい首を軽くたたいてやる。それがすむと引き綱《づな》をつけ、ゲートを通って採掘場《さいくつじょう》へとひいていき、コプロライトの洗浄機《せんじょうき》につなぐ。

一日のはじまりには、その日の仕事の手順をきくために、みんなが親方のガンダーさんのまわりに集まってくる。採掘《さいくつ》作業員、洗浄《せんじょう》作業員、手押《てお》し車《ぐるま》係の少年たちなど、だれもかれもがズボンをひざの下までまくり上げて、ひもでしばっている。シャツもジャケットもズボンも、かわいた粘土《ねんど》の粉で白く汚《よご》れていて、みんな幽霊《ゆうれい》のようだ。仕事がはじまれば、顔も髪《かみ》も手も、白い粉まみれになるだろう。首に明るい赤色のスカーフを巻いている作業員もいた。母さんはこの粉と泥《どろ》が気にいらない。ビルが仕事からもどると、鼻をクンクンさせていつも顔をしかめた。家の裏の洗い場の手前で、まずは靴《くつ》とジャケットをぬぎ、裸《はだか》になって冷たい水を浴びてからでないと、母さんはビルを家にいれてくれない。

採掘《さいくつ》作業員と少年たちの何人かはビルが暮らすグランチェスターの人間で、ビルの知り合いだった。ほかにも、近在の村々《むらむら》からやってくる人たちもいるし、わざわざアイルランドからきている人もいた。もともと、線路の切り通しを作る専門家たちで、採掘《さいくつ》用の溝《みぞ》を掘《ほ》ることにかけては自他ともに認める最高の土木作業員だ。この人たちは宿を兼《か》ねたパブで寝《ね》泊《と》まりしたり、空き部屋のある家に下宿したりしている。ほとんどがのんべえで、毎夜、お酒を飲み、週末にはへべれけになるまで酔《よ》っぱらう。父さんは、こうした連中とはいっしょに働きたくないだろうとビルは思っていた。

一方、フレッドおじさんはこの雰囲気《ふんいき》にとてもなじんでいて、土曜になると、ときにはもらったばかりの給料をすっかりはたいて飲んでしまうこともあった。そのため、リリーおばさんは、パン代や石炭代を払《はら》うために教会の救済資金からしょっちゅうお金を借りていた。ビルの家族は、まだ借りたことはない。もしそんなことになったら、母さんのプライドはずたずたになってしまうだろう。

ビルは深く掘《ほ》られた溝《みぞ》をのぞきこんだ。溝《みぞ》の壁《かべ》がいくつもの層になっている。ごつごつした砂利《じゃり》の層、白っぽくてやわらかな石灰質《せっかいしつ》のチョーク層、灰色のなめらかな泥《どろ》の層もあるし、いちばん上は分厚い茶色の畑の土の層だ。

「どうして、こんなにちがった層があるんですか？」ビルは溝《みぞ》で働いている人にたずねた。

ガンダーさんが顎《あご》をさすりながらいう。「不思議だよな、ビル。この層と層のあいだに、何百万年もの時間の差があるといってる人もいる。何百万年だぞ」

「だれがそんなことをいってるんですか？」

「たとえば、測量士たちだな」ガンダーさんがいう。

コプロライトの採掘《さいくつ》は、地面に何列も掘《ほ》られた溝《みぞ》でおこなわれる。測量士は金属製のスクリュードリルを使って地面の底からサンプルをとり、どこにコプロライトの層がありそうかを見つける。それから、コプロライトのでそうな場所に杭《くい》を打ちこみロープで囲んで目印にし、溝《みぞ》が掘《ほ》られる。コプロライトを採掘《さいくつ》し終えると、その溝《みぞ》を埋《う》めもどし、そのとなりにまた新しい溝《みぞ》を掘《ほ》る。こうして、地面には採掘《さいくつ》を終えた白っぽい溝《みぞ》のあとがいくつもの列になってのこる。

「溝《みぞ》を埋《う》めもどすときには、ほんとうは元通り畑の土の層をいちばん上にしなくちゃいけないんだ。チョークの混じった土じゃなくてな」ビルが白っぽい溝《みぞ》の列の話をすると、父さんがそういった。日曜の昼にシチューを食べているときで、めずらしく母さんも食べていた。ビルが稼《かせ》いだ最初の賃金で買った肉がはいっているせいか、ひときわおいしい気がした。

「チョークや砂利《じゃり》が表面にでてきてしまったら、そこには作物は育たない」父さんがいった。溝《みぞ》の底の層にごろごろしたコプロライトが見つかると、バケツで溝《みぞ》からだし、板を敷《し》いた道の上を手押《てお》し車《ぐるま》で洗浄機《せんじょうき》まで運ぶ。ビルとドリーが働いているのが、この洗浄機《せんじょうき》だ。そこでコプロライトをきれいに洗って、肥料工場に出荷する。

洗浄機《せんじょうき》というのはかわいた円形の濠《ほり》にかこまれた塚《つか》のようなものだ。ビルとドリーはこの濠《ほり》のなかを、金属製のアームをひいて、ぐるぐるぐるまわる。アームは洗浄機《せんじょうき》の中央に立つ支柱につながっていて、それがまわると地下水を汲《く》みあげ、洗浄機《せんじょうき》へと注ぐようになっている。コプロライトから洗い落とした泥《どろ》は水路を通って捨てられ、きれいになったコプロライトは荷車に積まれる。

ビルは女の人たちに交じって、コプロライトの山から石ころをとりのぞく仕事を手伝った。肥料になるのは純粋《じゅんすい》なコプロライトだけだ。ビルは石ころに混じったコプロライトをすぐに見分けられるようになった。コプロライトは黒くてごつごつしている。ただ、ガンダーさんは、ほかの採掘場《さいくつじょう》からでたコプロライトは白かったといっている。どうしてなんだろう？　ビルは不思議に思った。でも、人間にも黒い人や白い人がいるけれど、どちらも中身はおんなじだと思いあたる。石だっておなじことだ。ガンダーさんは石ころとコプロライトをまちがいなく見分ける方法を教えてくれた。

「なにかかたいものでたたくんだ。火打ち石で火打ち金をたたくみたいにな。そのとき、硫黄《いおう》のにおいがしたらそいつはコプロライトだ。そうじゃなきゃ、ただの石ころだから、道路の舗装用《ほそうよう》の砂利《じゃり》の山に捨ててくれ」

作業場にはいろいろな音が途切《とぎ》れずにひびいている。機械がまわる音、水がはねる音、作業員がうなったり、笑ったり、作業について叫《さけ》んだりする声。ビルとドリーは黙々《もくもく》と、着実な足どりでぐるぐるぐるぐるまわりつづけた。晴れた日には日かげと日向《ひなた》をでたりはいったりしながら、雨の日には、一日じゅうびしょ濡《ぬ》れで寒さにふるえながら。いつだって、反対まわりに歩きだしたいと思っていた。ビルは地球が太陽のまわりをまわっているようすを思いうかべ、太陽のまわりをまわる地球の上で、自分たちがぐるぐるまわっているようすを思いうかべた。季節もおなじようにまわっていると感じた。そんなことをあれやこれや考えていると、めまいを起こしそうだった。

仕事をはじめて三週間ほどたったころ、作業場のみんなと昼ごはんを食べていたビルはたずねてみた。「コプロライトだかノジュールだか、呼び名はともかく、これってほんとうに化石なんですか？　なにかの生き物の。さっぱりそんな風には見えないんだけど」

「おれは、コプロライトっていうのは月のかけらなんじゃないかと思ってる」ある男がいった。「月が欠けて、ここに落っこちてきたのさ。何百年、もしかしたら何千年か前にな。地面の奥《おく》深《ふか》くにあるのはそのせいだ」

「でたらめをいうんじゃない！」ガンダーさんがいった。「こいつのいってることなんかきかなくていいからな、ビル。コプロライトはな、動物や植物やなんかが石になったものさ。前に、興味を持った学者さんがやってきたことがあってな。学者さんたちは、なにか変わったものがないか目を光らせてくれといってたよ。役に立ちそうな化石には金を払《はら》ってくれるそうだ」

「役に立つって、いったいなんの？」ビルはいった。「それに、どれぐらい払《はら》ってくれるんですか？」

「あの連中のほしがってるのがどんなものかなんて、知ったこっちゃない。特におれが話した学者さんが、ほとんどのコプロライトは、動物そのものじゃなくて、動物からでてきたものなんだって教えてくれてからはな」とガンダーさん。

「動物からでてきたって、ウンチのことですか？」

「ああ、そうだよ。時間がたって、石みたいにかたくなったものなんだとさ。だから、コプロライトを割ったら、種だの骨のかけらだの、その動物が食べたものがでてくるらしいぞ」

「だけど、いったいどんな動物のウンチなんですか？」

「ばかでかくて、おかしな姿の動物さ。あんまりでかすぎて、大洪水《だいこうずい》のときにノアの方舟《はこぶね》に乗りこめなかった動物だよ。その洪水《こうずい》でみんな死んじまったのさ」

「コプロライトのなかには、人間のウンチもあるんですか？」

口いっぱいにパンをほおばっていたガンダーさんは、思わずむせて咳《せ》きこんだ。「おいおい、かんべんしてくれよ！　もしそうなら、これからは手袋《てぶくろ》をしなくちゃな」

「その時代には、人間なんていなかったんじゃないのか？」別の人がいった。

「じゃあ、ノアは？　ノアの家族は？　それに、溺《おぼ》れ死んだ邪悪《じゃあく》な人間たちは？」ビルがいった。「それに……」

「おれにはわからないよ。牧師さんにでもきくんだな。おれたちの仕事はありがたいお宝を掘《ほ》り集めることなんだ。そろそろ仕事にもどったほうがよさそうだ。じゃないと、きょうの割りあて分に届かないぞ」その人はランチを包んでいた布をたたんで立ち上がった。

それ以降、ビルは化石をさがすようになった。仕事にはときどき小休止がはさまる。洗浄《せんじょう》を終えた石ころやコプロライトをだして、つぎの分を洗浄機《せんじょうき》に送りこむときや、水を送るパイプがつまったときなどだ。そんなときビルは、コプロライトの山のあいだを歩きまわって、なにかはっきりした形のものがあれば拾い集めた。なかにはくるくる巻いた角のような形のものがあった。

「おれたちは、悪魔《あくま》の足の爪《つめ》って呼んでる」ビルはそう教えられた。

ほかには雷石《かみなりいし》というのもあった。先のとがった長くて細い石だ。それから、ガンダーさんがくるくる巻いたとぐろ状のコプロライトを見せてくれた。

「この化石、おまえにやるよ、ビル」ガンダーさんはいった。

ビルはその化石を家に持って帰り、その日もやってきていたボグルさんに見せた。「ああ、このくるくる巻いたのは石になったヘビだよ。聖パトリックがヘビを全部石に変えたのさ。これはそのうちのひとつだね。ポケットにいれて持ち歩くといいよ。幸運をもたらしてくれるから」ボグルさんはビルに返しながらいった。「こんな形のものを見ると、あたしがとり上げた赤《あか》ん坊《ぼう》を思い出すよ。片方はどこにでもあるふつうの耳だったんだけどね、片方はぶくぶくにふくれて丸まってたのさ。おチビさんは母親のおなかのなかで、ぎゅっと耳をふさいでたんだろうね。その母親っていうのが、いつも歌をうたってたんだが、その声といったらカラスがわめきたててるみたいでね、赤《あか》ん坊《ぼう》が耳をふさぐのも無理はないさ。それで、あたしはね……」

「そんなもの、この家に持ちこまないで」母さんがいった。「そんなけがらわしいものが家にあるのはいやなの。そんなものを持ちこまなくても、この家はもう十分不幸なんだから」

「どうしてけがらわしいなんていうの？」ビルがいった。

「いますぐ、外にだしてちょうだい！」

そこでビルは家の裏にでた。そこでは父さんが薄暗《うすくら》がりのなか、ニワトリのかこいを直していた。

「聖パトリックがヘビを石に変えたって、父さんは信じてる？」ビルは化石を見せながらきいた。

「これは、ヘビっていうより海の生き物みたいに見えるな」父さんは化石をひっくりかえしてていねいに見ている。「ヘビにはこんなごつごつした縁《ふち》はないからな。すくなくとも、おれは絵で見たこともきいたこともない」

「だけど、これが海の生き物だなんてこと、あると思う？　ここは海から何十キロもはなれてるんだよ」

「この世界はな、見ようによっては、とんでもなく不思議なところなんだってわかるぞ」父さんは背筋をのばしたけれど、足が悪いので体はななめにかたむいている。「ところでな、おれはすこしばかり遠い世界を見てくることになったよ」父さんは化石をビルに手わたしながらいった。「仕事が見つかったんだ」

「仕事？　園芸の？　遠い世界を見てくるって、どういう意味？」いまの仕事に満足しているとはいえ、ビルは父さんがうらやましかった。

「ああ、園芸の仕事さ。だが、ここから遠いところなんだ。母さんにはまだいいだせなくてな」父さんは帽子《ぼうし》をぬいで髪《かみ》をなでつけ、またかぶり直した。「母さんには心配をかけたくないんだ。だが、いわないわけにもいかないしな。ここから三十キロ以上はなれたオードリーエンドにある大きなお屋敷《やしき》で働くことになったんだ。住みこみでな。ジム・バラードがダリアの専門家をさがしてる人に、おれを紹介《しょうかい》してくれた。そのお屋敷《やしき》の庭師たちにダリアについてなにもかも教えるのが仕事さ。新しいシーズンがはじまる前にな」

「そこにはどれぐらいいってるの？」

「ほんの二、三週間さ」父さんは使っていた道具類を袋《ふくろ》にいれて、納屋《なや》にしまいにいった。ビルは自分ひとりで母さんのめんどうを見ることができるかどうか自信がなかった。新しい仕事が見つかったのだから、父さんから仕事をうばったぼくを、母さんは許してくれるだろうか？　もしかしたら、また学校にもどれといいだすかもしれない！　父さんの仕事はほんの短い期間のものなんだから、そんなことはない？

父さんは納屋《なや》のドアをしめながら口笛を吹《ふ》いている。ビルは大きく息を吐《は》いてからいった。

「母さんのことはまかせて」

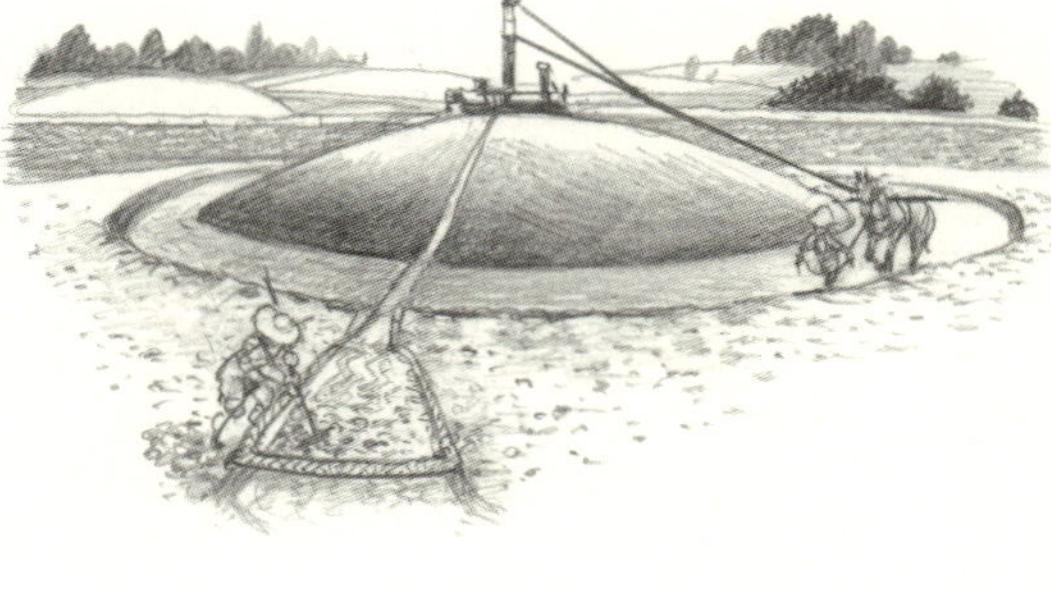

第10章

「おい、ビル！」つぎの日の朝、ドリーに馬具をつけようとしているとき、ガンダーさんが声をかけてきた。寒さがましてきた秋の朝の冷たい空気に、ドリーの吐《は》く息も白い。「きょうは洗浄機《せんじょうき》の仕事はしなくていいぞ。ドリーもだ。荷馬車屋の馬が足をけがしちまったから、ドリーには街まで荷車をひいてもらう」

「船着き場までですか？」ビルがたずねる。「船着き場のはしけ船まで？」

「ああ、そうだ。ドリーにはケンブリッジの桟橋《さんばし》までいってもらう」

「ぼくもいっていいですか？」ビルは父さんとケンブリッジまで歩いていったことが何度かあって、そのときにケム川のシルバー・ストリート桟橋《さんばし》も見た。いついってもボートや荷物の巻き上げ機、荷車やたくさんの人でにぎわっていて、そのうしろにはケンブリッジの大きくて古い美しい建物がそびえ立っていた。

ガンダーさんは短くうなずいていった。「代わりにといっちゃあなんだが、おれにパイプ用のタバコをひと缶《かん》買ってきてくれ。それならいっていいぞ」そういって、ガンダーさんは六ペンス銀貨をビルに手わたした。

ビルは洗浄《せんじょう》したコプロライトを荷馬車へ積みこむのを手伝い、ドリーに馬具をつけた。ビルはドリーとならんで歩いた。村の中心を抜《ぬ》け、立ち並んだ家の前を通り、大きな屋敷《やしき》の前を通りすぎると、広々《ひろびろ》とした場所にでた。道の左右に広がる畑は耕されていて、低い畝《うね》が光と影《かげ》の縞模様《しまもよう》を作っていた。光と影《かげ》か。ビルは思った。

「すこしいそがせろ」荷馬車の御者《ぎょしゃ》がいう。「ドリーに鞭《むち》をあててくれ」

「さあ、いくぞ、ドリー！」ビルはそう声をかけたが、鞭《むち》はあてない。ドリーは体を前に倒《たお》してぐいと踏《ふ》ん張り、ゆるやかなのぼり坂を進む。坂をのぼりきると、天につきさささるようにならぶキングズカレッジ・チャペルの白っぽい塔《とう》が見えてきた。重い荷をひいて、ニューナムの町を抜《ぬ》け、ケンブリッジへとはいっていく。ケンブリッジの街はいろいろな種類の馬車、馬や自転車に乗った人たちでにぎわっていた。房飾《ふさかざ》りのついた角帽《かくぼう》をかぶり、黒いガウンをまとった急ぎ足の大学関係者もたくさんいる。

「あの人たちは、どうしてあんな帽子《ぼうし》をかぶってるんですか？」ビルは荷馬車屋にきいた。

「帽子《ぼうし》のてっぺんが漆喰《しっくい》をこねる板みたいになってるけど、あれが大学とどんな関係があるんですか？」

荷馬車屋は、その質問には答えずに指さしながらいった。「ドリーのむきを変えてくれ。轍《わだち》にはまってしまうぞ」

橋の上にでて、シルバー・ストリート桟橋《さんばし》にむかって川をこえ、はしけ船に荷物を積みおろしする荷車や荷馬車の列にならんだ。トウモロコシや油、石炭などのつまった袋《ふくろ》や樽《たる》、木箱がはしけ船から荷車へと積まれ、コプロライトはその逆に荷馬車からはしけ船へと積まれる。馬の蹄《ひづめ》が石畳《いしだたみ》をたたく音や鎖《くさり》がガチャガチャいう音、人の怒鳴《どな》り声などで、あたりは騒然《そうぜん》としている。ドリーの耳は音がするたびに前へうしろへとぴくぴく動く。ドリーは前足で石畳《いしだたみ》をはげしく蹴《け》った。

「落ち着いて、ドリー」ビルがいう。「じっとしててね」

コプロライトの重さをはかり、はしけ船に積みこむ順番を待っているあいだ、大学の人がひとり桟橋《さんばし》にやってきた。荷馬車屋はビルの目をとらえて、顎《あご》でその黒いガウンと角帽《かくぼう》の若い人の方をさしていった。

「あのほおひげを生やした紳士《しんし》はハリー・シーリーさんだ。化石を研究してる。化石に一シリング六ペンス払《はら》ってくれるっていうんで有名らしいぞ」

「ぼく、ヘビ石をいくつか持ってるんです。悪魔《あくま》の足の爪《つめ》はいっぱい持ってるし、雷石《かみなりいし》をひとつ。ほら、見てください」ビルはポケットから手のひらいっぱいの化石をとりだした。「あの人、これを……」

「いいや」荷馬車屋は顔をしかめた。「あの人にとって、そんなものはめずらしくもないな。それに、どれもこれもこわれてる。ほら、これなんか、ちゃんと巻いてもいない」荷馬車屋は帽子《ぼうし》をぐいと押《お》し上げた。「こわれてないのなら、市場に買ってくれるやつがいるぞ。みがいて紳士《しんし》たちに売ってるんだ。なんでそんなものがほしいのか、おれにはさっぱりわからんが、紳士《しんし》さまってのはそういうものなのさ」

「そうだ、ガンダーさんからタバコを買ってくるようにいわれてるんだった。あの、ぼくちょっと……」

「いってこいよ！」荷馬車屋は笑っていった。「おまえがここにいたって、足手まといになるばかりだからな。荷馬車に乗って帰りたければ、聖マリア教会の鐘《かね》が昼を告げるまでにもどってこい。乗らないんなら、歩いて帰るんだな」

「ありがとうございます！」ビルはそういうと、ドリーの首を軽くたたいた。「いい子でいるんだぞ、ドリー」

それから、荷車や人ごみをかきわけるようにしてミルレーンにでて、キングズパレード沿いに市場にむかった。巨大《きょだい》なキングズカレッジ・チャペルが、日の光を浴びて美しく輝《かがや》いている。白っぽい石には装飾《そうしょく》が彫《ほ》りこまれていて、大きな窓は何百年も前にオランダ人が作ったものなんだと父さんはいっていた。もちろん、フェンスにかこまれていて近くには寄れない。

それでも、道の反対側にはウィンドーのある店がならんでいて、近づいてのぞきこむことができる。色つきのガラス瓶《びん》や、絵やいろいろなことばで飾《かざ》られた箱、足を組んでジャケットのカラーを縫《ぬ》っている仕立て屋なんかも見ることができる。それに、一軒《けん》の店のドアからは、いろいろなスパイスの混じったいいにおいがただよってくる。ビルは市場に足を踏《ふ》みいれた。屋台がずらりとならんでいる。聖マリア教会は市場の広場の一画を占《し》めて建っている。これなら、昼の鐘《かね》をききのがす心配はない。

石畳《いしだたみ》の広場のまんなかに大きな噴水《ふんすい》があった。手でひとすくいして喉《のど》をうるおすと、屋台に目を走らせる。屋根には防水シートが張ってある。穀物や小麦粉、食糧《しょくりょう》の袋《ふくろ》をならべた屋台、キャベツやジャガイモのはいったバスケットがならぶ屋台もある。生の魚や、チーズ、パイ、鳥や肉の切り身をぶらさげた屋台もある。

そして、化石をならべた屋台があった。奥《おく》にすわった男の人は、ぼろぼろの羽根ペンでラベルに文字を書いていた。屋台の荷台の上には「アンモナイト」とひっかき傷みたいな文字で書かれたラベルのついたバスケットがひとつあった。アンモナイトというのはヘビ石のことのようだ。雷石《かみなりいし》のバスケットには「ベレムナイト」というラベルがついていて、悪魔《あくま》の足の爪《つめ》にはGからはじまる、なにやらややこしい文字が書かれていた。ほかにも、一個一個にラベルと値段のついた大きな化石がある。切り口が渦巻《うずま》き状で、なめらかにみがき上げられた石だ。

「これって、ヘビ石の中身なんですか？」ビルは指さしながらたずねた。

「おい、買う気もないのにさわるんじゃないぞ。とっとと失《う》せろ！」

「買うんじゃなくて、売りたいんですけど」ビルはヘビ石と悪魔《あくま》の足の爪《つめ》、それに雷石《かみなりいし》をひとつポケットからひっぱりだして、男に見せた。

男はくちびるをゆがめて苦笑いした。「クズばかりだな」

「だけど、そのバスケットで一個六ペンスで売ってるのとおなじですよね？　全部で一シリングでどうですか？　お願いします。九個あるから、お得でしょ？」

「お得だって？　なにさまのつもりだ？」男はビルの手の上の化石を太い指でつついた。「全部で二ペンスで買ってやる」

「そんな……」ビルが文句をいおうとしたとき、いかにも紳士《しんし》らしく注意をうながすような咳《せき》払《ばら》いがうしろからきこえた。そして、ビルに話しかけた。

「お若いお方、きみに一シリングあげよう。ただ、わたしがほしいのはツリリテスひとつだけなんだがね」

ビルがふりむくと、そこにいたのは黒いガウンをはためかしたシーリーさんだった。桟橋《さんばし》で見かけた大学の人だ。シーリーさんはビルの化石のひとつを指さしている。「このツリリテスはなかなかめずらしいものなんだ。こちらのお方は、よくご存知のはずですけどね」シーリーさんはそういって、非難するように片方の眉《まゆ》を山なりにして屋台の男に目をむけた。

男は顔を赤らめた。「シーリーさん、わたしは、その、よく見えなかったもんですから。そのめずらしい石には気づかなかったなあ。その子はちゃんと見せなかったんですよ」

「いいえ、わたしにはわかってますよ。あなたは、この子が化石の価値を知らないのをいいことに、買いたたこうとしてたんです」

ビルは自分の化石を見た。シーリーさんが手にしたのは、あのおかしな形のヘビ石だった。ところどころ欠けているし、上にむかってねじれながらひっぱり上げられた短くて太っちょのユニコーンの角みたいな石だ。

「この石の、どこがめずらしいんですか?」ビルはいった。

「ふつうのアンモナイトとちがって、ごくまれにしか見つからないんだ」シーリーさんがいった。「これがどこからでてきたのか、ぜひ知りたいものだね」

「グランチェスターです。採掘場《さいくつじょう》で洗浄《せんじょう》されたコプロライトのなかにありました」

「なるほど、ということは、きみは興味深い標本をもっとさがせる立場にいるということだね？　わたしが特におもしろいと思うものを見つけてくれたら、よろこんでお金を払《はら》うよ。わたしはセジウィック教授の下で働いているシーリーです」

「あ、はい。ぼくはビル・エルウッドです。ほんとうはウィリアムなんですけど。それで、セジウィック教授というのがどなたなのか教えていただけませんか？　それと、あなたがほしいと思う化石と、そうじゃない化石をどうやって見分けたらいいんでしょう？」

「セジウィック教授というのは地質学の教授で化石についてはだれにも負けない知識をお持ちの偉大《いだい》な方でね。この大学の博物館の館長でもあるんだ。もし、きみがいそいでいないのなら、博物館を案内しようか？　わたしがどんな化石を求めているのかを知ってもらうには、現物を見てもらうのがいちばん手っとり早いからね。博物館はそこの聖マリア教会のすぐ先なんだ。時間はあるかな？」

「はい、あります！」

巨大《きょだい》な柱列、繊細《せんさい》な植物模様が彫《ほ》られたなめらかな石に飾《かざ》られた巨大《きょだい》な建物の前に立ったビルは、思わず自分の汚《よご》れた手を見つめ、ズボンでぬぐった。

「これが博物館ですか？　ぼくなんかいれてもらえませんよ！」ビルはいった。

第11章

シーリーさんは博物館の大きなドアをひきあけ、さっとドアの脇《わき》に立つと、ビルにむかってうなずいて、はいるようにうながした。「百年以上前、この博物館の収蔵品のほとんどを集めた紳士《しんし》は、亡《な》くなるときに指示をのこしていてね。彼《かれ》の化石をふくめていっさいの物は、知識と教養を求めてやまない、好奇心《こうきしん》が旺盛《おうせい》で、知的な人すべてに自由に見てもらえるようにという指示なんだ。すごいだろ？　そして、わたしが見るところ、きみは好奇心《こうきしん》が旺盛《おうせい》で知的な人だと思うんだが、ちがうかな？」

スネリング先生は知的という点では賛成してくれないかもしれないけれど、たしかにビルは好奇心旺盛《こうきしんおうせい》だ。それで、ビルは思い切って一歩なかに踏《ふ》みこんだ。そして、ぼうぜんと立ちつくした。

「うわぁ！」

細長い白い部屋の両脇《りょうわき》はアーチの列だ。丸天井《まるてんじょう》は空かと思うぐらい高い。真正面からビルを見つめているのは巨大《きょだい》な角を持った大きな生き物の骨だった。ビルは思わず声をあげて笑った。その笑い声は広い空間にこだましたので、あわてて手で口をおさえる。ぐるっと見まわすと、正面のシカのような生き物よりももっと奇妙《きみょう》な生き物の骨がある。

「こっちにきて、よくごらん」シーリーさんがいう。「おもしろいだろ？」

この博物館には世界じゅうから集められた化石があった。いちばんすごいのは、ばかでかい恐竜《きょうりゅう》の骨だった。「恐竜《ダイノサウルス》のダイノはおそろしいという意味で、サウルスはトカゲという意味なんだ。ギリシャ語でね」シーリーさんが説明してくれた。

「これはトカゲには見えませんね」ビルは横幅《よこはば》がビルの家ほどある壁際《かべぎわ》の大きなケースのなかの骨を指さしていった。その生き物の胴体《どうたい》は葉っぱみたいな形をしていて、しっぽとボートのオールのような足が四本ある。しかし、その生き物のいちばんおかしなところは、白鳥みたいな長くて細い首だ。

「プレシオサウルスだ。発見者はメアリー・アニング」シーリーさんがいう。

「女の人ですか？」

「そうだよ。アニングさんは、きみより若いころに化石の見つけ方を身につけたんだ。イングランド南岸のライム・リージスに住んでいた。集めた化石をきれいに洗って、観光客に売っていたんだよ。アニングさんとそのお父さん、お兄さんはおどろくべきものをいくつも発見している。たぐいまれな人物だよ、メアリー・アニングはね。彼女《かのじょ》は一度、フランスのキュヴィエっていう人の面目を丸つぶしにしたことがあったんだ。キュヴィエは古代の生き物のことならなんでも知ってると思いこんでいた大学者でね、このプレシオサウルスの化石を見たとき、にせものだと断言した。いろいろな動物の骨を寄せ集めてメアリー・アニングが作ったんだっていったんだ。胴体《どうたい》に対して、こんな長い首を持つ生き物なんてありえないっていうんだね。これはトカゲの頭、ワニの歯、首はヘビの骨、そして胴体《どうたい》と脚《あし》はゾウで、ひれはクジラのものだってきめつけたんだよ！　信じられるかい？　キュヴィエはまちがっていた。これは巨大《きょだい》な白鳥みたいに水中や水上を泳ぎまわっていた本物の生き物だったんだ。その長い首は水中で魚をつかまえたり、陸上の植物を食べるのに使っていたんだね」

「信じられない！」このおどろきをもっと別のことばであらわしたいのに、それがでてこない。なので、ビルは、ただ観察し、ただ耳をかたむけた。シーリーさんはつぎつぎと案内してくれる。ほとんどの展示物は巨大《きょだい》な生き物にくらべて小さくて退屈《たいくつ》だった。

「この石ころは、ぼくたちが掘《ほ》ってるのと似てます」ビルは指さした。ちっぽけなコプロライトに、このようなりっぱな施設《しせつ》に飾《かざ》るほどの価値があるんだろうか？

「その通りだよ」シーリーさんがいう。「コプロライトだね。このことばもギリシャ語が起原で、コプロスは糞《ふん》、ライトスは石という意味なんだよ」

「じゃあ、ガンダーさんがいってたウンチっていうのは正しかったんだ」

シーリーさんがシッと唇《くちびる》に指をあてた。「そんな大きな声でいわないで！　コプロライトという名前をつけたのはオクスフォード大学のバックランド教授なんだけど、大きな古代生物の骨の化石のなかで見つけたんだ。だから、きみがいうように『ウンチ』というよりは、消化器のなかにのこっていた排泄《はいせつ》前の食べ物の場合の方が多いんだよ。だけど、ただ単に、ごちゃまぜになった骨や貝殻《かいがら》のかけらが長い時間を経て石になったコプロライトもあるんだ。一度も生き物の体のなかを通りすぎないでね」シーリーさんは、空中に絵を描《か》くように両手を生き生きと動かしながら説明してくれる。

「だけど、生き物が食べたわけじゃないのに、そうしたかけらが混じりあうのはどうしてなんですか？」

「それはね、地面はじっとしていないからだよ」シーリーさんはつぎの展示ケースへと歩きながらいった。「地面がものすごく長い距離《きょり》を、長い長い時間かけて動いていることがはっきりとわかってきたんだ。そして、その動きによっていろいろなことが起きる。見てごらん」シーリーさんはいくつかの絵が広げられたテーブルの方にビルを導いた。その絵は地層をあらわしたもので、しわしわの地層もあれば、折りたたまれたような地層もある。「地面を切り分けたら、こんな風になってるんだよ。きみは海岸の絶壁《ぜっぺき》を見たことはあるかな？　地滑《じすべ》りがあったあとの山をじっくり見たことは？」

「いいえ、ありません。でも、採掘場《さいくつじょう》の溝《みぞ》の断面は、いくつにもわかれた別々《べつべつ》の土の層で縞《しま》模様になっています。ちょうど、この絵みたいに。絶壁《ぜっぺき》も見てみたいな」

「もし見る機会があったら、地面がどんな風に層になっているかがわかるだろうし、その層がまるで布みたいに折りたたまれたり、重なりあったりしていることに気づくだろうね。水がものを動かすこともあるんだよ。別の場所に押《お》し流すんだ」

「それなら川で見かけます。川が曲がっている場所では、大きな石が一方に押《お》しのけられて、小さい石や砂は反対側に動くんです」

「すばらしい観察眼だね。ほらやっぱりきみは、知的で好奇心《こうきしん》にあふれてる。ウッドウォーディアン博物館にはぴったりだ！」シーリーさんは大きな声でそういった。ビルはとつぜん気づいた。シーリーさんは、まわりにいるたくさんの紳士《しんし》たちにきこえるように、わざと大きな声をだしたんだと。ガウンを身にまとい、ビルをうさんくさげに見ながら通りすぎる紳士《しんし》たちにむけて。

「だけど、いくらなんでも海の生き物をグランチェスターまで運んだりはしませんよね？　海からは何キロもはなれてるんですから。ぼくが海岸沿いの絶壁《ぜっぺき》を見たことがないのも遠いせいなんです」

シーリーさんはにっこり笑った。「だけど、過去のどこかの時点で、グランチェスターが海の底にあったことはまちがいないね。きみが集めた化石がその証拠《しょうこ》だよ。大量の海の生き物たちの化石がね。きみは海にいったことはないかもしれないが、海がきみのそばにあったんだよ」

ビルは目を見ひらいた。「いつの話ですか？」

「それは大きな問題だね。とんでもなく大むかしのことなのはまちがいないけどな」

「じゃあ、このあたりで海を見ていた人がいたってことですか？」ビルの声がまた大きくなった。けれども、ビルをきびしい目つきでにらんで通りすぎる紳士《しんし》たちに気づきもしない。「人間はいっしょに暮らしてたんですか？　恐竜《きょうりゅう》たちやあの大きなシカ、それから……」

「サイ《リノセロス》や、マンモスって呼ばれてる毛の生えたゾウやなんかといっしょにかい？」シーリーさんが微笑《ほほえ》む。「そうした生き物は、このケンブリッジ地方にもいたんだよ。どちらの化石も見つかってる。けれども、それぞれが暮らしていたのはぜんぜん別の時代なんだ。サイ《リノセロス》は暑い気候の時代に生きていたし、マンモスは寒い時代だ。もちろん、どちらが生きていた時代も、このあたりは海ではなかった。どれもこれも複雑でおもしろいよね」

ビルはウィドノールさんに見せてもらった大きな動物の本で、サイ《リノセロス》を描《えが》いた版画を見たことがあった。「リノセロスのセロスはサウロスに似てますけど、サイ《リノセロス》はトカゲじゃありませんよね。いまはアフリカにいるんじゃありませんか？」

「そうだよ、何千キロもはなれた暑いアフリカにね」

「じゃあ、アフリカからどうやってここまできたんですか？」

「ちょっとこの地図を見てごらん」シーリーさんはそういって、筒《つつ》から大きな紙をとりだし、テーブルの上に広げた。スネリング先生が牧師さんから借りてきた地図を教室で見せてくれたことがあるが、それと似ている。シーリーさんはその地図の四隅《よすみ》に化石を置いて、丸まらないようにおさえた。それから、ひきだしからいろいろな形の紙をとりだす。

「それは国の形ですか？」ビルはあてずっぽうにいってみた。

「いいや、大陸なんだ」シーリーさんは地図の上の大陸の上に、おなじ形の紙を置いていく。

「さあ、よく見てるんだよ」シーリーさんは南アメリカ大陸と北アメリカ大陸を大西洋の方に押《お》しだした。そのふたつはアフリカ大陸とヨーロッパ大陸のあいだにすっぽりおさまる。

「ぴったりくっついた！」ビルは興奮のあまり叫《さけ》ぶようにいった。

「すごいと思わないかい？　すきまもほとんどないぐらいだ。これはね、大むかし、両アメリカ大陸とヨーロッパ、アフリカはひとつの大きな大陸だったという説なんだ。その広い土地を動物たちは自由に歩きまわっていたというわけさ。そして、一部の土地が切りはなされて動いた。動物やその痕跡《こんせき》をのっけたままね。つまり、このイギリスはアフリカの一部だったってことさ。とてもおもしろい説だと思わないかい？」

「グランチェスターの人たちはサイ《リノセロス》を食べていたと思いますか？　アフリカの人たちみたいな暮らしをしてたんでしょうか？」ビルはそういって、自分の手を見た。「だけど、それじゃあ、どうしてぼくはアフリカの人みたいに肌《はだ》が黒くないんだろう？　北に動いてから白くなっていったんでしょうか？」

シーリーさんが声を落としていった。「それはとてもいい質問だね。でも、わたしたちにもすべてがわかっているわけじゃないんだ。その時代には、まだ人間はいなかったんじゃないかと考える学者もいる」そこでシーリーさんは肩《かた》をすくめた。「どっちみち、まだ人間の化石は見つかっていないんだ。実際、わたしが鉱山学部の学生だったころに学んだことなんだが、炭鉱のいちばん深い地層からは、植物やおかしな形の魚の化石しかでてこない。動物はまったくでないし、人間はいうまでもない。生物は何百万年もかけてすこしずつ形を変えてきて、人間が誕生したのは比較的《ひかくてき》最近なんじゃないかと唱えている人たちもいるんだ。チャールズ・ダーウィン氏がその代表だね。生物は、長い長い時間をかけて進化してきたという説なんだよ」

「じゃあ、神様は人間のために世界を創《つく》ったんじゃないんですか?」ビルはたずねた。「だけど、もし恐竜《きょうりゅう》のために創《つく》ったんだとしたら、どうしていなくなっちゃったんだろう?」

「シーッ!」シーリーさんがまた指を口にあてた。そして、ビルにむかって顔をしかめている聖職服をきた白髪《しらが》の紳士《しんし》の方に目をやった。「だれもかれもがダーウィン氏の説を受けいれているわけじゃないんだ。セジウィック教授でさえそうだからな。これから、鳥の標本をいくつか見せてあげよう。そのあと、昼食にしようと思うんだが、きみも昼食はまだだろ?」

聖マリア教会の正午の鐘《かね》をききのがしたのはまちがいないようだ。でも、ビルはそんなことはどうでもよかった。いまはこんなに物知りで、ビルの質問を真剣《しんけん》に受け止めてくれるシーリーさんといっしょに、なにもかも見てみたかった。

「ほら、これだ」シーリーさんは剝製《はくせい》や瓶《びん》にいれた小鳥がおさまったケースを指さした。「これはダーウィン氏が地球の反対側から持ってきた標本だ。これらの鳥はとてもめずらしくて、ガラパゴス諸島以外、どこからも発見されていない。ほかにも、オーストラリアだけでしか見つからない動物もいる」

「ということは、そのガラパゴス諸島とかオーストラリアは、アフリカとくっついていたことがなかったということですか？」

「そのようだね」

「だけど、そもそもどうして地面が動くんですか？　根をはっているっていうか、固定されたものじゃないんですか？　それとも、神様の気が変わって動かした？　地面が勝手に動いたのかな？」

シーリーさんは、まあまあというように両手をあげた。「きみのそうした疑問は、まさに科学者と聖職者のあいだの論争そのものなんだ。神様がまちがいをおかしたり、とちゅうで気を変えたりするはずがない、という人もいるし、この世界も、そこに住む生き物も、わたしたちの想像が遠くおよばない長い時間のなかで、変わったり進化したりしたんだという人もいる」

「ガンダーさんは大洪水《だいこうずい》のときに神様が恐竜《きょうりゅう》を殺したんだといってました。恐竜《きょうりゅう》は方舟《はこぶね》に乗れないぐらい大きかったから」ビルはそこで顔をしかめた。「だけど、ここにある化石の生き物のなかには泳げるものもいたんですよね？　神様が溺《おぼ》れさせた邪悪《じゃあく》な人間みたいに、恐竜《きょうりゅう》も邪悪《じゃあく》だったんでしょうか？　そもそも、どうして神様は邪悪《じゃあく》な生き物を創《つく》ったんでしょう？

殺さなくてもすむように、どうして神様は人間を正しく導かなかったんでしょう？」

「つぎからつぎへとでてくるね！」シーリーさんがポケットから時計をひっぱりだした。「おやおや、ランチにおくれてしまったよ。いそいで、きみにいちばん見せたかったものを見せるとしよう。採掘場《さいくつじょう》で、きみにさがしてもらいたいと思ってる化石だよ」

それは大きな展示ケースだった。細かい文字が書きこまれたラベルを貼《は》ったヘビ石や雷石《かみなりいし》、悪魔《あくま》の足の爪《つめ》であふれ返っている。

「こんなに大きいの、はじめて見ました！」ビルはいった。

「そうだろう。ここにあるのは、どれもとりわけ興味深い標本だからね」シーリーさんはそういいながら、ビルにさがしてほしいタイプの化石をつぎつぎと指さしていく。昆虫《こんちゅう》の痕跡《こんせき》がある化石、生き物の背骨の椎骨《ついこつ》。

「もしかしたら」シーリーさんがいった。「きみはこれまでにだれも見つけたことのないものを発見するかもしれないね。きみにはとても期待してるんだよ、エルウッド名人！　わたしはこの博物館か、シドニー・サセックス・カレッジのわたしの研究室にいるから、もし、なにかおもしろいもの見つけたら教えてくれるね」

ビルが走って桟橋《さんばし》にもどったのは、正午をだいぶまわってからだった。けれども荷馬車屋はパブで一杯《いっぱい》やっていて、まだそこにいた。それでビルは、ドリーがひく、空になった荷馬車に乗ってグランチェスターに帰った。

「ずいぶんおとなしいじゃないか」荷馬車屋がいう。「とうとう、質問もタネ切れか？」

そんなことはなかった。大むかしのことやおかしな姿形の生き物、動きまわる大陸や、いまも過去が化石として形をのこしている不思議などで頭がいっぱいだった。ガンダーさんにたのまれたタバコのこともすっかり忘れていた。


家に着くころには雨がふっていた。家は暗くて、暖炉《だんろ》で細々《ほそぼそ》と燃えている火だけが、母さんの濡《ぬ》れた頬《ほほ》を照らしていた。

「母さん？」

「父さんはいってしまったよ。あの仕事をするためにね。バラードさんがわざわざ駅まで荷物を運んでくれたけど、いまさらよけいなお世話だよ。それよりも、ウィドノールさんに思いやりがあって、父さんをクビにしようなんて考えさえしなければ……」

ビルは父さんを見送りそびれてしまった。母さんが必要としているときに、そばにいてあげられなかった。

「母さんにわたしたいものがあるんだ。手をだして」ビルは母さんの薄《うす》い手のひらに、化石を売って手にいれた六ペンス銅貨を二枚とペニー硬貨《こうか》、半ペニー硬貨《こうか》、ファージング硬貨《こうか》をごそっとのせて、にぎらせた。

「きょうは賃金の支払《しはら》い日じゃないわよ。ビリーったらまさかこのお金をぬす……」

「盗《ぬす》んだって？　母さん、ぼくはたしかにいい子じゃないよ。だけど、お金を盗《ぬす》んだりするもんか。でも、母さんがそんな風に思ってるんなら、いっそ盗《ぬす》んでやりたいよ！」

「ああ、ビリー、わたしはそんなつもりじゃ……」

ビルは母さんがいいわけしようとするのを無視して階段をかけあがった。ベッドに腰《こし》をおろすと、父さんがいなくなったのをさびしく思った。そして、母さんが自分のことをいい子だとも、誇《ほこ》りだとも思っていないことをさびしく思った。空をおおう灰色の雲を窓から見ていると、ケンブリッジで見たりきいたりした不思議なことがとても遠いことに感じられた。そして、とつぜん、そんなことはちっともだいじなことに思えなくなった。

第12章

父さんがいなくなってから、母さんはビルをまともに見ない。たまにちらりと見るときには、いつでも苦々《にがにが》しげな表情をうかべた。ビルがドリーとの仕事を手にいれてから、アルフは話しかけてもくれない。ビルは孤独《こどく》だった。化石について見知ったことをだれかと分かち合いたくてしかたがなかった。そして、自分自身のなかにある父さん、母さん、アルフに対する重たい罪悪感がいやでいやでたまらなかった。そこでビルは、つぎの日、フレッドおじさんにランチを届けにきたアルフに思い切って声をかけた。「ねえ、アルフ、いっしょにお金を稼《かせ》がないか？」

アルフはきこえないふりをしたので、ビルは走りよって、アルフの行く手に立ちふさがった。

アルフはそっぽをむく。

「お金を稼《かせ》ぐ方法を知ってるんだ」ビルはいった。

アルフの足どりはゆっくりになったが、まだビルには目をむけない。

「化石を売るんだよ」

ようやくアルフがビルを見て笑った。「あんな小汚《こぎたな》いもの、だれが買うっていうんだ」

「大学のシーリーさんだよ」ビルはアルフの袖《そで》をつかんだ。「きのう、すごく変わった化石を一シリングで買ってもらったんだ。それに市場の屋台で、ふつうの化石を売ってた。あれなら、ぼくらにもできるよ。化石をきれいにして、紳士方《しんしがた》に売るんだよ。ぼくたちふたりが手を組めば、きっとうまくやれると思う」

「もうけたお金を、おまえがひとりじめしないっていう保証はあるのかよ？　おれのものになるはずだった仕事をくすねたみたいにな」アルフがいった。

ビルはどう答えたらいいのかわからなかった。それでも、アルフがまた笑いだしたところを見ると、ビルの表情がアルフになにかを伝えたようだった。

「いいよ、やろうぜ。で、なにからはじめるんだ？」

「まずは化石を見つける。それから、きれいにみがいてバスケットにいれる。それを市場に持っていって売る。けっこう高い値段をつけてもだいじょうぶ。お屋敷《やしき》に住む人たちは、特別なものだと思うから」

「紳士《しんし》ってものは、そんなにかんたんにだませるものなのか？」

「すぐにわかるさ」

「おい、フレッドの息子《むすこ》だったな、さっさと帰れ」ガンダーさんがじゃまをした。「ここはな、おしゃべりする場所じゃないんだぞ。仕事をする場所なんだ。それにな、ビル、おれはおまえがタバコを買ってこなかったのを忘れてないからな。さっさとドリーを働かさないと、おまえを雇《やと》ったのを考え直したっていいんだぞ」

ビルは毎日化石をさがした。アルフは学校にいく前と昼休みに採掘場《さいくつじょう》にやってきたので、ふたりでコプロライトの山のなかをさがしまわった。

集めた化石はガンダーさんにたのんで、ライリーさんの農園にある小屋の片すみに置かせてもらっている。雨の日に作業員がランチを食べる作業員小屋だ。アイルランドからきている土木作業員のひとりパトリック・オブライエンさんが、お金になるときいて、やはり化石を集めだした。アイルランドからきている人たちは、化石を見つけるたびにオブライエンさんに手わたしたけれど、村からきている作業員たちはビルとアルフにくれた。「ほらどうぞ、エルウッド教授殿《どの》、また見つけたぞ」そういって、わたしてくれる。

「化石をきれいにしなくちゃ」ある日の昼休みに、アルフといっしょに汚《きたな》い化石の山を見なながらビルはいった。「母さんは化石を家に持ちこませてくれないんだ。でも、家の裏の小屋のバケツにいれておけば……」ビルのことばは尻切《しりき》れトンボになってしまった。とつぜん、母さんはスミス家の人間も家にいれてくれないことを思い出したからだ。きっと家の裏の小屋でもだめだろう。

「うちに持っていこう」アルフがいった。「おふくろは気にしないから。おまえのこと気にいってるし」

そこで、土曜日に仕事が昼で終わると、ビルは十四個の化石を麻袋《あさぶくろ》にいれて、バグズ通りのアルフの家に持っていった。

「なんでこいつがうちにいるのさ？」リジーがいった。「こいつはあんたの仕事をうばったんだろ、アルフ？」

リジーは暖炉《だんろ》でアイロンをあたためながらいった。まだ湿《しめ》っているシャツをかわかすためだ。そのせいで、ちいさな家のなかに蒸気が渦巻《うずま》いている。毛布をかけてアイロン台代わりにしているテーブルの上には、アイロンを自由に動かすスペースもほとんどない。テーブルをかこんだ椅子《いす》には女の子たち三人がすわって縫《ぬ》い物《もの》でいそがしいし、床《ゆか》では男の子ふたりが取っ組み合いをしている。そして、赤《あか》ん坊《ぼう》のモップスは階段にすわって、木のスプーンをかじりながらぐずっている。

「歯が生えかけなんだよ」ビルがモップスを見ているのに気づいてリジーがいった。「生えてくるまで、この子をだまらせるのは無理だろうね」

ビルは赤《あか》ん坊《ぼう》の前にひざまずくと、自分の口に指をいれて思いっきり横にひっぱり、目玉をむいて変な顔をしてみせた。するとモップスは泣きやんでビルを見つめ、歯のない口をあけてにっこり笑った。

「その子はほっといていいから」アルフがいう。「化石を洗うんだろ」

小さな庭で、アルフは壁《かべ》にかかっていた洗濯《せんたく》だらいをおろした。ビルは麻袋《あさぶくろ》をかたむけて化石をそっとたらいにだした。たらいに水を入れると、ふたりは床掃除《ゆかそうじ》用のブラシを使って、化石にこびりついた土を落とした。

「光らせるにはワニスがいるな」アルフがいう。

そこで、化石がかわくと、おなじ通りに住む建具屋のディリーさんからもらってきた缶《かん》の底にこびりついたワニスで一個一個みがいた。

「いくつかは牧師さんが買ってくれると思うんだ」ビルはいった。「父さんがいってた。牧師のバックルさんちの書斎《しょさい》には、化石でいっぱいのひきだしがあるんだって。父さんが仕事をさがすのを手伝ってもらえないかたのみにいったときに見たっていってた」

「で、手伝ってくれたのか？」

ビルは首を横にふった。「でも、結局、仕事は見つかったから。すこしはなれた大きなお屋《や》敷《しき》での仕事なんだ」

「それなら、おまえの家族もそのお屋敷《やしき》に住めるんじゃないのか？」

「ちがうんだ。ほんの一時的な仕事だから。それが終わったら父さんがどうするつもりなのか、ぼくは知らない。きみのお父さんの稼《かせ》ぎの方がずっと多いと思うよ」ビルはワニスでべたべたする化石の裏もかわくように裏返した。「うちにはお金が必要なんだ。母さんのお医者代もあるし」

「わかったよ」アルフはまた以前のように親しげにそういった。それから、汚《よご》れた水を壁《かべ》のむこうに投げ捨てた。


ビルとアルフはその日の夜、暗くて、冷えこむなか、化石を売りにでかけた。ビルは仕事用の汚《よご》れたズボンとジャケットを日曜の教会用に着替《きが》えていたし、アルフは兄のエディーに借りた靴《くつ》をはいているので、寒さにふるえながら牧師館の玄関《げんかん》の前に立つふたりは、なかなかりっぱに見えた。寒さはもう冬のようだ。

牧師館の玄関《げんかん》前には石の柱に支えられたポーチがあって、ドアも大きい。壁《かべ》からでているチェーンの先のハンドルをひくと、館《やかた》のどこか遠くでベルの音がした。ドアの脇《わき》には、ツタ模様の透《す》かし彫《ぼ》りの金属板にかこまれたおしゃれなランタンが下がっている。そのランタンのなかで灯心の明かりがまたたいている。

その大きなドアをあけたのはメイドだった。去年まで、ビルといっしょに学校に通っていたイーナという女の子だ。「こっちにきちゃだめ！」イーナは肩《かた》ごしにふり返りながらいった。「勝手口にまわって」

そこでふたりは館《やかた》の横のドアにまわった。そこには屋根を支えるりっぱな石の柱もなければ、あたたかくむかえてくれるランタンも、館《やかた》のどこか奥深《おくふか》くでベルにつながった真鍮《しんちゅう》のハンドルもない。ふたりがノックすると、ドアをあけたのはやっぱりイーナだった。

「そこにはいってるのはなんなの？」イーナはアルフのバスケットからつきだしているアンモナイトを指さしていった。

「化石だよ」ビルがいう。「もしかしたら、牧師さんが……」そこまでいったところで、牧師さんの奥《おく》さんがさっそうとあらわれた。タータンチェックの大きくふくらんだスカートをはいている。

「いったいなんの用なの？」奥《おく》さんはきびしい口調でいった。それから、バスケットのなかのものに気づくと、片手で喉《のど》をおさえていった。「まあ、化石なのね。あのおぞましい発掘物《はっくつぶつ》なんでしょ。わたしはそんな邪悪《じゃあく》なものをこの家には持ちこませませんからね。もちろん、主人も許しません！」

奥《おく》さんは机のひきだしにいっぱいの化石のことはなにも知らないんだ。ビルはそう思った。アルフの家とはちがって、こんなに大きな館《やかた》のなかには、きっとたくさんの秘密がかくされているんだろう。でも、神様はお見通しなんじゃないだろうか？

「だれがきてるの、お母さま？」牧師さんの娘《むすめ》のひとりが、母親のスカートを押《お》しのけて見ようとしている。

「だれでもありません」奥《おく》さんはそういうと、ピシャリとドアをしめた。

「最高だな」アルフがいった。

「奥《おく》さんはきっと、思ってるんだよ。化石は、神様が六日間でこの世界と世界じゅうのあらゆるものを望みどおりに創《つく》ったということに、うたがいをいだかせるものだってね」ビルはシーリーさんが話してくれたことを思い出していった。「奥《おく》さんが思ってる通りなんだけどね」

「なにをごちゃごちゃいってるんだ？　さあ、いこう。凍《こご》えそうだよ！　ウィドノールさんと、奥《おく》さんたちのところにいってみよう。あの人たちは化石にうらみはないだろ？」

「ぼくはウィドノールさんには会いたくないな」ビルがいった。

「じゃあ、おれにまかせろ。おまえみたいなへまはしないさ！」

ふたりはウィドノールさんの屋敷《やしき》にいき、ビルが物かげにかくれているあいだ、アルフが化石を見せた。

「りっぱで大きいヘビです。空からふってきた雷石《かみなりいし》もすごいですよ」アルフがウィドノールさんにいう。

ビルはあきれて目をとじた。ウィドノールさんにこんなたわごとが通用するわけがない。

でも、ビルはまちがっていた。

ウィドノールさんは化石をふたつ、三ペンスで買ってくれた。人は父さんがいっていたちょっとした「芝居《しばい》っ気」が好きなのかもしれない。

「ほら、ウィリアム、きみにも三ペンスあげよう」ウィドノールさんはビルにむかってコインをつきだした。「そんなところにかくれてないで。まるでわたしが怪物《かいぶつ》みたいじゃないか。お母さんのぐあいはどうだい？」

そこへウィドノール老婦人、つまりウィドノールさんのお母さんがやってきたので、ビルは返事をせずにすんだ。ビルは心のなかで思っていた。ウィドノールさんは怪物《かいぶつ》だし、母さんのぐあいをたずねるのはよけいなお世話だと。

「ケーキをお食べ」老婦人は大きく切り分けられたレモン風味のスポンジケーキがふた切れのったお皿をさしだした。

「ありがとうございます、ウィドノールさん」アルフはそういって、ふた切れとも手にとった。ビルはもう背中をむけて歩きはじめていたからだ。

「なんで、あんな失礼なまねをするんだよ?」村にもどりながらアルフがいった。「あの人たちの機嫌《きげん》をそこねちゃまずいだろ。気にいってもらえれば、もっと買ってくれるかもしれないんだから。で、このケーキ、いるのかいらないのか? おまえがいらないんなら、ふたつとももらうからな。それとも、おまえの母さんみたいに太るのがこわいか?」

「母さんは太ってなんかいない! むくんでるんだ」

「ああ、わかってるって。赤《あか》ん坊《ぼう》がうまれるんだろ」アルフは指についたケーキの屑《くず》をなめながらいった。

ビルはぴたりと立ち止まった。「なんだって?」

「赤《あか》ん坊《ぼう》さ。おまえの母さんのおなかがでかくなったのは、赤《あか》ん坊《ぼう》がいるからなんだろ。むくんでるわけじゃ……。おい、まさか知らなかったのか？」アルフは笑い声をあげた。

「知ってるにきまってるだろ」ビルは暗くて表情がわからないことをありがたく思いながらいった。なんとなくはわかっていたのかもしれない。でも、いま、はっきりわかった。

母さんに赤ちゃんがうまれる。

でも、母さんも父さんも教えてくれなかった。

ということは、ビルの家も秘密をかくしておけないぐらい小さいわけじゃないということだ。

ビルはこぶしをにぎりしめて歩きつづけた。アルフはケーキをふた切れとも食べてしまった。

「母さんは何人も赤《あか》ん坊《ぼう》をうんでるだろ。だから、どんな風に大きくなっていくか、おれにはわかるんだ。最初はすこしふくらんで、どんどんどんでかくなる。そして、最後にポン！　やせっぽちでギャーギャー泣く赤《あか》ん坊《ぼう》がうまれてくるのさ。そしたら、母さんはまたすっきり細くなる。またおなかがふくらみはじめるまではな。そして……」

ビルは、もうそれ以上ききたくなかった。頭のなかにあるのはひとつだけ。母さんがうむ赤ちゃんはきっといい子にちがいない。なにひとついいところのない邪悪《じゃあく》なビルの代わりになるいい子に。

第13章

母さんは暖炉《だんろ》の前に立っていた。片手で炉棚《ろだな》をつかんで体を支え、もう片方の手に火かき棒をにぎって火をかきおこしている母さんの顔は青白かった。暖炉《だんろ》にともった小さな火だけでは足りず、部屋は冷え冷えとしている。意識して見ると、母さんのおなかはたしかに大きくなっていた。体の前で交差させたショールでかくれてはいても、まちがいない。母さんがビルに顔をむけた。

「石炭をとってきてくれない？」母さんはそれだけいうとすぐ背をむけた。

ビルは動かなかった。「おなかに赤ちゃんがいるんだね」ビルはいった。「どうして教えてくれなかったの？」

母さんはびくんと体をこわばらせ、ビルの方を見た。「おまえにはなにも関係ないでしょ。石炭をお願い」

なにも関係ないって？「ぐあいが悪かったのも妊娠《にんしん》しているせいなんじゃないの？」

「石炭をとってきて」

ビルは父さんと約束した。母さんのめんどうをみると。だからビルはぎゅっと口をとじて、石炭をとりにいった。けれども、赤ちゃんのこと、化石や恐竜《きょうりゅう》のことはひと晩じゅうビルの頭のなかをぐるぐるかけめぐった。そして、夜中に悪夢を見てとび起きた。巨大《きょだい》なトカゲのような怪物《かいぶつ》におでこをなめられた夢だった。

「あっちにいけ！」ビルは両手をふりまわしながら体を起こした。まっ暗闇《くらやみ》のなか、一瞬《いっしゅん》自分がどこにいるのかわからなかった。そのとき、ポツンと冷たいしずくが顔にあたった。腕《うで》も濡《ぬ》れている。パジャマ代わりにしている父さんの古いシャツの片側が、びっしょり濡《ぬ》れていて冷たい。屋根の雨漏《あまも》りだ。トカゲの怪物《かいぶつ》になめられたんじゃなかった。厚い藁《わら》ぶき屋根の上を流れ落ちる雨の音がきこえた。ビルは安全な家にいてベッドのなかだ。それなのに、どうしてこんなに胸苦《むなぐる》しい、いやな感じがするんだろう？

そうだ。赤《あか》ん坊《ぼう》だ。

寒くてじめじめした暗がりのなかで、ビルはおそれた。母さんのぐあいがもっと悪くなるんじゃないかと。きのうの夜も、母さんが苦しそうに吐《は》いている音がきこえた。一日じゅうほとんどなにも食べていないというのに。なにかがおかしいんじゃないだろうか？　妊娠《にんしん》した女の人は、ふだん以上に気をつけて、おなかの赤ちゃんを育てるためにきちんと食べなくてはいけないはずだ。大きなおなかを見れば、赤ちゃんは育っているようだ。母さんはあんなにすこししか食べていないんだから、栄養は全部赤ちゃんにとられてしまっているんじゃないだろうか？　もし、母さんが死んでしまったらどうしよう？

ビルはもの思いに沈《しず》んだ。母さんはこれまでにも何回か、妊娠《にんしん》したことがあるのかもしれない。ここ何年かのあいだ、母さんは何度もぐあいが悪くなっていた。ビルはボグルさんが話していたうまれてすぐ死んでしまった赤ちゃんのことを思い出した。あれは母さんに起きたことだったんじゃないだろうか？　いま母さんのおなかにいる赤ちゃんにもそんなことが起こったらどうしよう。ビルはとつぜん、弟か妹にちゃんとうまれてきてほしくてたまらなくなった。そして、もちろん母さんにも元気になってほしい！　赤ちゃんが元気にうまれてくるために、なにか自分にできることはないんだろうか？　でも、自分は赤ちゃんのことも妊娠《にんしん》した女の人のこともなにも知らない。そして、ただ母さんをいらいらさせるばかりのようだ。

ボグルさんがしょっちゅうやってくるのも、赤ちゃんのためだったんだとようやく気づいた。でも、ちゃんとうまれてこなかった赤《あか》ん坊《ぼう》の話ばかりする、あの不潔で年老いたボグルさんは、赤ちゃんを元気にうませる方法をちゃんと知っているんだろうか？　ボグルさんがこれまで母さんの赤ちゃんをとりあげていないのははっきりしている。もちろん、ビル自身は別にして。こうなったら、母さんをあたたかくして、きちんと食べさせ、幸せでいられるようにできるかどうかはビルにかかってくる。父さんからの仕送りはまだ届いていない。

ビルは布団《ふとん》をはねのけてベッドからでた。暗がりのなかで着替《きが》えて、階下におりてバケツをとってきた。そのバケツをいちばん雨漏《あまも》りのはげしい場所の下に置く。眠《ねむ》っている母さんの横を通りすぎるとき、ビルは小さな弟か妹が、母さんといっしょに眠《ねむ》っているんだと、強く意識した。

ずいぶん早い時間ではあるけれど、目がさえてしまってベッドにもどる気にはなれず、朝の日課をはじめることにした。まずは火をかきおこし、やかんを火にかけ、ニワトリの世話をしに外にでた。ほかになにかできることはないだろうか？　こんなに風雨が強くなくて、日曜日でもなかったら、近所の家をまわって、こづかい稼《かせ》ぎに落ち葉掃除《そうじ》を申しでることもできただろう。でも、そうだ、日曜日ということは、化石をさがしにコプロライトの山をうろついても、だれかに見とがめられる心配はないということだ。

そこでビルは、釘《くぎ》にかかっていた父さんの古いジャケットをとって、自分のジャケットの上に重ねて着た。長すぎる袖《そで》をたくし上げると、帽子《ぼうし》をかぶり、雨のなかへ踏《ふ》みだした。空は黒々《くろぐろ》とした分厚い雲におおわれている。風と雨がビルにむかって吹《ふ》きつけた。

頭を低くして村を通り抜《ぬ》ける。雨はあっというまに服にしみこんで、冷たくべったりと体にまとわりつく。ビルはいそいだ。採掘場《さいくつじょう》の泥《どろ》を蹴《け》ちらして進むと、泥《どろ》は靴《くつ》にへばりついて重たくなる。洗浄機《せんじょうき》の横で、ビルはバケツをさかさにしてそこに腰《こし》をおろした。それから、コプロライトに手をのばしてつぎからつぎへとひっくり返しながら、化石の痕跡《こんせき》がないかさがしていった。寒さでビルの指は赤くなり、じんじんと痛む。顔の片側だけに凍《こお》るような雨があたり、感覚がなくなってくる。やっと悪魔《あくま》の足の爪《つめ》がひとつ見つかった。そしてもうひとつ。でも、一個、半ペニーにしかならない。

ゴーン、ゴーン！

教会の鐘《かね》が日曜の朝の礼拝を呼びかける。母さんはもう起きて、むくんだ足をひきずりながら、お茶でも飲んだだろうか？　自分は家にいて、父さんがしていたみたいにベッドまでお茶を運んであげた方がよかったんだろうか？　ビルはまたしてもまちがったことをしてしまったと、絶望的な気分になった。

ビルは大きなコプロライトを山のなかに力いっぱい投げ捨てた。寒いのと濡《ぬ》れたのとで、体がかたまってしまったように痛い。かつてこの場所は、暑いアフリカの一部だったんだと思う。そして、別の時代には海だったんだ。悪魔《あくま》の足の爪《つめ》やヘビ石が、あたりを泳ぎまわっていたんだ。

コツン、ガツン。ビルはコプロライトを見ては投げ捨て、見ては投げ捨てをくり返した。

グランチェスターがまた変わることはあるんだろうか？　のちの時代の人が、ここが寒くて湿《しめ》った泥《どろ》だらけの場所で、家やパブや教会があったと知っておどろくことはあるんだろうか？この溝《みぞ》でできた縞々《しましま》の土地を見て、いったいなにをなんのためにしていたんだろうと不思議に思うことは？　ことによれば、不思議に思うのは人間ではないかもしれない。恐竜《きょうりゅう》がいなくなり、人間がやってきた。だとしたら、人間だっていなくなって、なにか別の生き物が代わりにやってくるのかもしれない。父さんは機械が人間にとって代わるといっていた。汽車が馬にとって代わるようすを見るといい。神様はほかの星でもためしてみているんだろうか？　どうするのがいちばんいいかとあれこれ考えながら。ビルは星でいっぱいの夜空を思いうかべた。宇宙に果てはあるんだろうか？　でも、あるとしたら、その先にはなにがあるんだろう？　ビルには「無限」の意味がよくわからなかった。

何時間かがすぎても、雷石《かみなりいし》がもうひとつ見つかっただけだった。コプロライトを拾い上げるビルの手の感覚は、とっくになくなっていた。これを最後にしよう。ビルは目をとじて祈《いの》りをこめた。どうか、これが幸運を呼びますように！　ビルは目をあけると、コプロライトの山に手をつっこみ、奥《おく》からひとつひっぱりだそうとした。大きくてごつごつした石だ。ひっぱってもなかなか抜《ぬ》けない。そのコプロライトはほかの石にしっかりひっかかっている。というのも、そのコプロライトから、ごつごつした翼《つばさ》のようなものがつきでているからだ。

「椎骨《ついこつ》だ！」シーリーさんが博物館で見せてくれたのとおなじやつだ。この石はビルのこぶしほどの大きさがある。ということは相当大きな動物の背骨にちがいない。運がよければ、二シリング六ペンスにはなりそうだ。なんとかひき抜《ぬ》いて立ち上がると、その石はビルの手のなかでぼろぼろと砕《くだ》けちってしまった。ただの変わった形の泥《どろ》のかたまりだった。化石なんかじゃない。

「ちくしょう！」またしても失敗してしまった。母さんを、赤ちゃんを、そして父さんをがっかりさせる失敗だ。とつぜん、雨が一層強まった。ただでさえ、熱い涙《なみだ》でかすんだ目に雨がたたきつけてくる。ビルはうしろむきによろめいて……。たおれた先には、ビルを支えてくれるものはなにもなかった。

第14章

ビルはたおれたショックにあえいだ。濡《ぬ》れた壁《かべ》に頭と肩《かた》が強くぶつかった。そして、ドサッ！　氷のように冷たい泥《どろ》の上にビルは落ちた。

ビルはしばらく横たわっていた。めまいがするし、体も痛む。いったいなにが起こったのかたしかめようとした。頭を上げると、冷たい泥水《どろみず》が顔を洗う。ビルはペッと吐《は》きだし、咳《せ》きこみながら体を起こした。ようやくわかった。ビルは細長くて狭《せま》い、急な壁《かべ》の溝《みぞ》の底にいた。

まずはなんとか上半身を起こし、つぎに泥《どろ》の壁《かべ》に手をついて立ち上がる。両手をここより明るいひらけた空間にのばしてみても、指先から溝《みぞ》の縁《ふち》までは、まだ一メートル以上はありそうだ。溝《みぞ》のいちばんはしには、作業員がのぼりおりするための階段があるはずだ。それでビルはなんとか泥《どろ》をかきわけて進んだが、土の階段は雨で洗い流されてしまっていた。

「なんでだよ！」ビルは階段の名残《なごり》のわずかな土のでっぱりに足をかけてよじのぼろうとしてみた。でも、濡《ぬ》れてすべりやすい泥《どろ》は体重をかけたとたんにくずれ落ちる。ビルは自分でも気づかないうちにすすり泣いていた。泥《どろ》の壁《かべ》の両側に手足を押《お》しつけてのぼろうとしても、溝《みぞ》の幅《はば》が広すぎて手足が届かない。

ビルは罠《わな》にはまってしまった。この溝《みぞ》は大きすぎる墓穴だ。このまま古代の生き物たちの痕《こん》跡《せき》といっしょに埋《う》まってしまうのだろう。

深い溝《みぞ》の底は、奇妙《きみょう》なぐらい静かだった。嵐《あらし》の音もくぐもっておとなしく、雨が横からたきつけることもない。でも、地上にふった雨が溝《みぞ》に流れこんでくる。このまま待っていれば、水かさが増して、溝《みぞ》の上までうかび上がることができるかもしれない。でも、その前に凍《こご》え死んでしまうだろう。

水位はどんどん上がっていた。いまは濡《ぬ》れた泥《どろ》の層の下にあるコプロライト層のさらに一段下、緑がかった砂利《じゃり》混じりの地層にまで達してしまった。採掘場《さいくつじょう》ではコプロライトをすこしでもたくさん掘《ほ》りだすために、この砂利《じゃり》混じりの層をえぐりとるように横に掘《ほ》っている。この不安定な状態だと、泥《どろ》の層はそのとてつもない重さに耐《た》えきれず、溝《みぞ》の内側にむけてくずれてしまうかもしれないことにビルは気づいた。ビルはあわてて手をかけていた壁《かべ》からはなれた。なんとかして、ここから抜《ぬ》けださないと！

ビルの靴《くつ》は泥水《どろみず》でぐしょ濡《ぬ》れだ。その冷たさで足は痛みを通りこして感覚がなくなりはじめていた。でも、片足を泥水《どろみず》から持ち上げると、もう片方の足はさらに深くもぐる。壁《かべ》がくずれはじめて、ビルの足元で水しぶきを上げる。

「だめだ！」また別の水しぶきが。とつぜんビルはパニックにおちいって、溝《みぞ》の壁《かべ》の濡《ぬ》れた土や石に爪《つめ》を立てたり、蹴《け》とばしたりしはじめた。なんとかして、よじのぼるための手がかり、足がかりを作ろうとしてだ。でも、壁《かべ》はぼろぼろくずれるばかり。とつぜん、ずっと上のほうから泥《どろ》のかたまりが落ちてきて、ビルの頭にぶつかった。ビルは横だおしになった。はうようにしてくずれた場所から遠ざかったが、すぐにでも壁《かべ》の崩壊《ほうかい》がつづくことはわかっていた。

「助けて！　だれか助けて！」つぎからつぎへと泥《どろ》のかたまりがふりそそぎ、水しぶきをあげるなか、ビルは叫《さけ》んだ。「助けて！」

しかし、墓場の死体のように地面の奥深《おくふか》くにいるビルの声がだれに届くというのだろう。ビルは生き埋《う》めになってしまうところを想像した。きっと祈《いの》りを捧《ささ》げなくてはいけないのだろうが、生き埋《う》めになって死ぬことで頭がいっぱいで、祈《いの》りのことばなどなにひとつ思いうかばなかった。いれたばかりのお茶のように熱い涙《なみだ》が、頬《ほほ》を焼くように流れ落ちる。どうして人間は泣くんだろう？　動物が泣いているところは見たことがない。恐竜《きょうりゅう》は泣いたんだろうか？　恐竜《きょうりゅう》は絶滅《ぜつめつ》してしまうことを知っていたんだろうか？

ビルはうまれてくる赤ちゃんが男の子なのか女の子なのか、胸苦《むなぐる》しくなるほど知りたかった。母さんと父さんのために、なにかいいことをしたくて胸が痛んだ。この先も、いろんなことを知るために生きていたい、いやなにもかもを知りたいと、苦しいぐらいに望んだ。ぼくは死にたくない！

ビルははげしい怒《いか》りにかられて、もうすでに死んでしまったように思える足で、もう一度壁《かべ》を蹴《け》って、足がかりを作ろうとした。と、そのひと蹴《け》りで、緑がかった砂のかたまりが汚《きたな》い水のなかにくずれ落ちた。

その瞬間《しゅんかん》、ビルは「ワニ」を見つけた。

第15章

泥《どろ》のなかで、ビルの腕《うで》より長い石がにんまり笑っていた。土に埋《う》もれてはいるが、顎《あご》の上下に長い歯が二列、はっきりと見えた。ワニだろうか？　グランチェスターがまだアフリカだったころの。シーリーさんにはわかるだろう。ほんの一瞬《いっしゅん》前までは、恐怖《きょうふ》にかられてパニックにおちいっていたというのに、いまは好奇心《こうきしん》の方がまさって、よく見ようと思わずしゃがみこんでいた。長い歯の列は上にむかってゆるやかにカーブしている。そして、歯の列のいちばん奥《おく》に丸い石があった。目にちがいない。その生き物は微笑《ほほえ》んでいる。

「やあ、はじめまして」そういってから、われながらバカなことをしていると思った。雲に動物や人の顔を見ることがあるように、石のなかにワニの姿を想像しただけだろうか？　ビルは赤くはれた指をおずおずとのばして丸い目にさわり、もっとはっきり見えるように泥《どろ》をぬぐった。それから、父さんのジャケットの袖《そで》で、長い顎《あご》全体の泥《どろ》をぬぐって、歯がもっとよく見えるようにした。心臓が高鳴る。寒さと興奮、そして絶望で気を失ってしまいそうだ。わが身のためにこの場からのがれたいのはもちろんだけれど、父さんとシーリーさんにこのワニのことを伝えるためにも、なんとしてもここからでたい！　しかし、溝《みぞ》はワニの上で壁《かべ》がぼろぼろとくずれている。ぼくが死んだら、天使があらわれて天国まで運んでくれるんだろうか？　それとも、邪悪《じゃあく》なぼくをこらしめるために、もう地獄《じごく》に到着《とうちゃく》しているんだろうか？　ビルは天をあおいで大声で叫《さけ》んだ。

「ごめんなさい！」

すると、とつぜん、空を背景に頭がぬっとあらわれた。とうとう天使が？

「ごめんなさいって、いったいなにに？」天使がいった。

「アルフ？」

「そんなところで、なにをやってるんだ？」アルフだった。

返事はできなかった。ビルは力が抜《ぬ》けてその場にへたりこんだ。溝《みぞ》の底の泥水《どろみず》のなか、片手をワニの顎《あご》にかけたまま。

「でられないのか？」アルフがいう。その瞬間《しゅんかん》、アルフの足の下の土がくずれ落ちて、ビルのそばで水しぶきを上げた。「おい、なんだよ！」アルフは地面にむかって怒鳴《どな》ると、ぱっとうしろにとびのき、ビルの視界から消えた。しばらくして、溝《みぞ》に橋をかけるように板がわたされて、アルフがよつんばいでそろそろと進みでた。「動くなよ、ビリー」アルフがいう。「待っててくれ。ドリーをつれてくる。それとロープも」

ビルは目をとじたかった。けれど、まん丸目玉のワニの笑顔《えがお》から目をそらすことができない。おかしなことだと思いながらも、このワニにいい印象をあたえたかった。

「きたぞ！」ようやくアルフの叫《さけ》び声がした。

バシャン！　ロープがビルの近くで水をたたいた。ビルはそのロープをただ見つめるだけで、身動きできない。

「ロープをつかむんだ！」アルフがまた板の上に乗っていった。「おい、ビリー、目をさませ！」

土のかたまりがビルの頭にあたって、寒さで麻痺《まひ》していた心と体が目をさました。ビルはゆっくりとロープに手をのばした。

「輪を作ってあるんだ。頭を通して、脇《わき》の下までおろせ。ドリーにひっぱり上げさせるから。ロープのはしはドリーの引き具に結んである。さあビリー、輪を頭に通すんだ。ほら！」

ゆっくりと、痛みに耐《た》えながらなんとか感覚のなくなった手をロープの輪にひっかけることはできた。輪を頭からかぶり、右手を持ち上げて通す。だが、左手は寒さと痛みとでまったく動かない。

「だめだ……」

「やれるさ！」アルフがいった。「さあ、がんばれビリー！　そしたら、ぬくぬくの火にあたれるんだぞ。家に帰ってめしが食えるんだ。いそがないと、この溝《みぞ》はいつくずれるかわからないんだぞ！」

アルフの声は心配のあまりふるえていた。それにおどろいて目がさめた。ビルは大きく息を吸うと、痛みで骨や筋肉が悲鳴をあげるのもかまわず、左手を輪に通した。

「よし、いいぞ！」アルフが板の上をあとずさりする。「腕《うで》はおろしたままにするんだぞ」アルフの声が遠ざかっていく。「ドリー、ひくんだ」アルフが舌を打ち鳴らして合図をしている。ロープにしめつけられてビルは悲鳴をあげた。それでも、とつぜん水から抜《ぬ》けでて、溝《みぞ》の壁《かべ》をずるずるとひっかきながら体が持ち上がる。

「ワニが……」叫《さけ》びかけてそこで口をとざした。溝《みぞ》からひきずり上げられるだけで、エネルギーのすべてを使いはたしてしまいそうだ。ビルはもぞもぞと体をひねって、ごつごつした岩に正面からぶつからないように、背中を壁《かべ》にむけるようにした。

とうとうビルは、広々《ひろびろ》とした明るい素晴らしい世界にもどってきた。足の下にはかたい地面があって、ロープのはしにはドリーとアルフがいる。そして、空を見上げると、雲間に青空も見えている。雨はやんでいた。ビルはいった。「下にワニがいるんだ」

「なにをバカなことといってるんだ。きっと、幻覚《げんかく》だよ」アルフはビルの頭からロープをはずしながらいった。

「足は動きそうにないよ」そうはいったものの、アルフの細い体に体重をあずけて、なんとか採掘場《さいくつじょう》を横切り、ドリーの馬小屋までよろめき進んだ。

「濡《ぬ》れた服は全部ぬぐんだぞ」アルフはしゃがんでビルのずぶ濡《ぬ》れの靴《くつ》のひもをほどきはじめた。「足と靴《くつ》が溶接《ようせつ》されたみたいにぴったりくっついてる!」

ようやく靴《くつ》がぬげると、ビルの足は青黒くなっていた。感覚はまったくない。しばらくのあいだ、ビルとアルフはただその足を見つめていた。それから、アルフは藁《わら》をひとつかみして、それでごしごしとビルの足をこすりはじめた。「こすってあったためなきゃだめだ。去年の冬、弟のフランクが雪まじりの水路に落っこちたことがあったんだ。唇《くちびる》は、いまのおまえみたいにまっ青だった。父さんは、手足に血が通うまで、オイルでフランクの体じゅうをこすってた。お医者は、それのおかげでフランクは死なずにすんだっていってたよ。いま、藁《わら》でおおってあっためてやるからな。おまえの親父さんはまだもどってないんだよな?　おふくろさんを呼んでこようか？」

ビルは首を横にふった。いまは母さんを相手にするのは無理だ。いま自分にできるのは、どんどんはげしくなる足の痛みと、体がばらばらになってしまいそうなぐらいのふるえに耐《た》えることだけだ。それと、溝《みぞ》のなかで見たものについて考えること。

「あれは、ワ、ワ、ワニだった」ふるえながらいう。

「いったい、なんだってワニなんかがあの溝《みぞ》にいるんだよ？　おまえはありもしないものを見たんだ。父さんがビールを飲みすぎたときみたいにな」

アルフはいったん家に帰って、冷めかけの紅茶がはいったブリキのマグカップと、ひとかたまりのパンを持ってきた。

「さあ、これを口にいれろ。そうすりゃあ、もうすこしちゃんと話せるようになるさ」アルフはいった。「おれは告げ口はしてない。おまえが採掘場《さいくつじょう》を荒《あ》らしたって知られたら、クビになっちまうからな」

「ありがとう」ビルのふるえは体の奥底《おくそこ》に沈《しず》んでいって、痛いような疲労感《ひろうかん》に代わった。ビルは紅茶をすすり、パンをかじった。おかげで体があたたまって、アルフに順序だった説明ができるようになった。グランチェスターはかつてアフリカの一部だったこと、そのため、ワニのようなアフリカの動物たちがほんとうにこのあたりにも住んでいたことをだ。それから、シーリーさんといっしょに博物館で、ワニのような生き物を見たこと、こんなに大きなにったり笑った生き物の化石なら、市場の男だけではなく、シーリーさんだって高い値段で買ってくれるだろうことも。

「高い値段って、どれぐらいなんだ？」

「何シリングも。もしかしたら、何ギニーも、かも」母さんと赤ちゃんにたっぷりの食べ物と石炭を買えるだけのお金だ。もしかしたら、父さんが遠くはなれて仕事をしなくてすむようになるかもしれないぐらいのお金なんだ。ビルは馬小屋の壁《かべ》にもたせかけていた背中をしゃんとのばしていった。「ねえ、アルフ、ガンダーさんに知られないようにあのワニを掘《ほ》りだすことなんてできるかな？」

「あの溝《みぞ》はくずれちゃったよ。いまごろそのワニも埋《う》もれちまっただろうな」

「逆にそのほうがいいのかも。それなら採掘《さいくつ》作業員たちに見つかって持っていかれる心配はないから。ぼくたちにはどうしても必要なんだ。作業員たちにじゃなく」

「ぼくたち？」

ビルはうなずいた。「もちろん『ぼくたち』さ。アルフはぼくの命の恩人なんだから。あのワニはぼくとアルフのものだよ」

ビルはそろそろと手足をのばして立ち上がった。ふとももからつま先まで足全体が痛い。でも、なんとか家まで帰れそうだ。母さんは、ぼくがどこにいるのか心配しているはずだ。

「それはともかく」ビルはアルフにいった。「どうして日曜日に採掘場《さいくつじょう》にいたんだ？　もしかして、売れるような化石をさがしにきてた？」

「いいや」アルフは肩《かた》をすくめた。「虫の知らせってやつかもな」

「虫の知らせって、いったいなんの？」

「おまえのことだよ。たぶんな」アルフはそういって、にやりと笑った。「そうじゃなきゃ、ワニに呼ばれたのかもな。『アルフ、アルフ、ビリーを助けてください！』ってな。いいことを教えてやるよ。おれはこれからおまえが落ちた溝《みぞ》に印をつけてくる。ワニが見えないかどうかもたしかめるよ。だれにも見られないで掘《ほ》りだす方法は、あとで考えればいい。おれも金はほしいさ。靴《くつ》を買いたいんだ。新品の靴《くつ》をな」

「ありがとう、アルフ。それにおまえもだよ、ドリー」ビルはそういってドリーをやさしくたたいた。

おかしなことに、体じゅうが痛むのに幸せな気分だった。死なずにすんだ。それに、シーリーさんをよろこばせるようなものを発見した。そして、それは家族の助けになるお金をもたらしてくれるかもしれない。

「なんてかっこうなの！」ビルが家のドアをあけたとたん、母さんはそういった。「それ以上なかにはいらないで、ビリー・エルウッド。そこで着てるものを全部ぬぎなさい。それは父さんのジャケットじゃないの？　というか、ジャケットの残骸《ざんがい》？　さあ、なかにはいってあたたまりなさい。ほんとに、なんてことなの。スープがあるわよ」

ビルはあれこれ指示されて幸せだった。しかられて幸せだった。そして、熱々《あつあつ》のスープを飲んで、もっと幸せになった。母さんが小言をいいつづけていたが、ビルはろくにきいていなかった。心ここにあらずといった状態だった。仕事場の連中に気づかれずにあのワニを掘《ほ》りだすにはどうしたらいいんだろう？　きっとなにか方法があるはずだ。

第16章

ビルは夜中に目がさめた。足にからまったシーツと毛布からのがれようと必死だった。夢のなかでワニにかみつかれていたのだ。目がさめると、溝《みぞ》にとじこめられたこと、あのワニのこと、そしてアルフに助けてもらったことが、一挙に頭のなかをかけめぐった。アルフはまさに命の恩人だ。アルフとふたりでなんとかあのワニを掘《ほ》りだして、いっしょに売りにいこう。そうだ。きっと楽しいぞ！

教会の鐘《かね》が朝の六時を告げた。ビルはよろめきながらベッドからでた。まだ両手は赤くて痛い。それでも採掘場《さいくつじょう》にはいつもより早くでて、あの溝《みぞ》のようすをたしかめたかった。

下におりると暖炉《だんろ》の火をかきたて、ニワトリのようすを見にいそいで外にでた。家の裏の台所で火の上にやかんをかけ、それから母さんに声をかけた。「やかんは火にかけたからね。ぼく、もうでかけるから！」

「だけど……」母さんが呼ぶ。「ビリー！」

「暗くなる前にもどるから」うまくいけば、びっくりするようなものを持ってね、と思いながらいう。待っててよ、母さん。あのワニで、朝ごはんの白いパンと、家のなかを明るくしておけるだけのロウソクを買うんだから。そうすれば、ぼくだってそんなに悪くないって思ってくれるよね？

冷えてはいるが、晴れていて、空は青い。

「嵐《あらし》のあとの静けさだな」採掘場《さいくつじょう》にやってきたビルを見て、ガンダーさんがいった。まだ、だれもいないだろうと思っていたのに、これじゃあ、ガンダーさんに気づかれずにワニがいた溝《みぞ》のようすを見るのは無理だ。

「こんなに早くからでてくるなんて感心だな」ガンダーさんがいう。「さっそく、ドリーに馬具をつけてくれ。やることはいっぱいあるからな」

これで、いつも通りにドリーと仕事をはじめるしかなくなった。微笑《ほほえ》むワニのいる溝《みぞ》の方ばかり見ないように気をつけないと。ビルは学校にむかうアルフのことを思った。ドリーに引き綱《づな》をつけるとき、ビルの指は落ち着きなくふるえた。馬小屋に立っていると、きのうのことがどっと思い出される。アルフがビルのまわりに高く積んでくれた藁《わら》はまだそのままで、足が深く沈《しず》む。ドリーの体はすばらしくかたくて、あたたかくゆるぎない。ビルは目をとじて、一《いっ》瞬《しゅん》だけドリーにもたれて気をしずめてから仕事場へとひきだした。

「ワニのお金がはいったら、おまえにも甘《あま》い菓子《かし》パンを買ってやるからな。おまえとアルフの両方にだ」

ドリーを洗浄機《せんじょうき》までひきながら、あのワニをだれにも見られずに溝《みぞ》から掘《ほ》りだすにはどうしたらいいだろうかと考えた。オブライエンさんなら、よろこんで手を貸してくれるだろう。でもワニはぼくとアルフのものだ。ふたりだけの。

ビルがドリーを洗浄機《せんじょうき》のアームにつないでいると、作業員たちが指示をきくためにガンダーさんのまわりに集まってきた。ビルは耳をそばだてた。

「みんな、きのうの嵐《あらし》のダメージは見ただろう」ガンダーさんがいう。「いつもより、崩落《ほうらく》の危険が大きい。溝《みぞ》を掘《ほ》るときには、両側にふたりずつ、計四人を見張りに立ててもらう。採掘《さいくつ》作業員は、まずまっ先にバケツで水をくみだしてくれ」ビルはドリーに馬具をつける手を止め、ガンダーさんが指さす方を見た。「こんなありさまだから、三号溝《みぞ》の採掘《さいくつ》は中止だ。だれかが荒《あ》らしたようだな。嵐《あらし》のダメージだけじゃあ、ここまでひどくはならないだろう。だれか、心あたりのあるものは？」

作業員たちはみんな首を横にふっている。フレッドおじさんもだ。アルフはほんとうに告げ口しなかったんだ。

「きょうの午後には、測量士がくることになっている。三号溝《みぞ》はおれと測量士とで検査する。そのあいだ、新しい溝《みぞ》用に杭《くい》を打っておいてくれ」

ということは、すくなくとも午後までワニは安全だ。それに測量士だって壁《かべ》の下にかくされたワニを見つけることはできないだろう。でも、溝《みぞ》の底におりていったらどうだろう？　ビルはあの大きな目の穴が測量士たちにウィンクするようすを想像した。どうしたらいいのか、アルフに相談したくてたまらなかった。


午前中の休憩《きゅうけい》時間に、アルフが洗浄機《せんじょうき》のところに姿をあらわした。

「おい、フレッドの息子《むすこ》、ここにはくるんじゃないと前に警告したよな？」アルフがビルとドリーにむかって歩いてくるのに気づいたガンダーさんがいった。

「親父に伝言があるんです！」アルフがいった。

「いったい、いつからおまえの親父さんは十三歳《さい》になったんだ？」そういいながらも、ガンダーさんはアルフがビルに近寄るのを許した。ただ、おまえのことはちゃんと見張ってるぞという目つきでにらんでいる。

「きょうの午後、測量士があの溝《みぞ》を調べにくる」ビルはささやいた。「もし、あのワニが見つかったらどうしたらいい？」

「ほんとうにあそこにワニがいるんだな？　きのうのはうわごとじゃなかったんだな？」

「ここにドリーがいるのとおなじぐらい確実だよ」

「わかった。それなら、今夜掘《ほ》りだそう。仕事が終わったらおれのところにきてくれ。測量士にはおれがさぐりをいれてみる」

「どうやって？　ねえ、アルフ！」

アルフは肩《かた》ごしににやっと笑ってフレッドおじさんの方に走っていった。ビルにはふたりの会話はきこえない。それが終わると、アルフは学校にもどっていった。

ところが、午後になるとフレッドおじさんが、あの溝《みぞ》の測量を手伝いたいとガンダーさんに申してでた。「あそこで作業をしてたから、あの溝《みぞ》のことならよくわかってます」フレッドおじさんがそういっているのをきいた瞬間《しゅんかん》、ビルはパニックにおちいった。アルフが仕組んだにちがいない。

ビルは三号溝《みぞ》がよく見える場所ではドリーをゆっくりひいた。そして、見えなくなるといそがせて、すぐまた反対側にまわる。アルフが目印にさしておいた棒はまだそこにあった。フレッドおじさんは、ワニがいるのとは反対側のあらぬ方向を指さして、測量士をいそがしく働かせている。検査のために溝《みぞ》の底におりられるよう、階段もかんたんに修復されたようだ。溝《みぞ》のなかをあちこち歩きまわっている声はきこえてくるが、測量士たちの帽子《ぼうし》のてっぺんは、その目印の棒の近くでは一瞬《いっしゅん》も止まることがない。そのとき、ビルは視線を感じてふりむいた。オブライエンさんがじっとビルを見つめていた。ビルがなにかを知っていることに気づいたように、顔をしかめてじっと見つめている。

第17章

夜になったらどうやって外にでようかとビルは心配だった。母さんに嘘《うそ》はつきたくない。「採掘場《さいくつじょう》に忘れ物をとりにいく」といえば嘘《うそ》にはならないかもしれないが、母さんはその忘れ物がなにか知りたがるだろう。「ワニだ」といったって信じてもらえるわけがない。それこそ真実なのに。すると、母さんの方からビルにチャンスをあたえてくれた。

「きょうは早く寝《ね》なさい。なんだか落ち着きがないし、体調も悪そうだよ。病気になられちゃ困るんだから」

そこでビルはロウソクに火をともし、二階に上がった。その際、すばやくジャケットをつかみ、炉棚《ろだな》の上にあった火打ち金と火打ち石をポケットにいれた。そっと火を吹《ふ》き消し、父さんと母さんの寝室《しんしつ》の窓から外にでた。おなかが大きいうえに、ビルに対して怒《おこ》っている母さんは、寝《ね》る前にわざわざ梯子《はしご》をのぼってビルのようすを見にくることはないだろう。

ビルは急ぎ足で家の裏にまわり、納屋《なや》をあけ、父さんの移植ごてと布袋《ぬのぶくろ》をいくつか、それから、短くなったロウソクを何本かとりだした。アルフの家があるバグズ通りまではずっと走った。スミス家の一階の窓にはまだロウソクの灯《ひ》がちらついていたので、村のなかをひとりでうろついて、家々《いえいえ》の窓の明かりが消えていくのを見ていた。何軒《なんげん》かあるパブからさわがしい男たちがでてきて、それぞれ自分の家や下宿へと帰っていく。夜の村が寝静《ねしず》まる。キツネが一匹《ぴき》、道路のまんなかを歩いてきてビルを見上げ、そのままどこかにいってしまった。そのとき、ネコのように音も立てずにとつぜん家の角からアルフがあらわれたので、ビルはびっくりした。てっきり、アルフは玄関《げんかん》からでてくるものだと思っていたからだ。

「こっそりでるには家の裏からだろ」アルフはいった。「おふくろと親父はまだ起きてて けんかをしてるよ。親父がクビになるかもしれないんだ。ガンダーさんに、もうこなくていいといわれたらしい。おふくろは泣いてたよ」

「フレッドおじさんはどうして？」ビルのなかで、おそろしい疑問がわき起こった。悪いことの原因はなにもかも自分のせいのような気がしたからだ。「いったい、どうして？」

「仕事のあと、親父はオブライエンさんとけんかしたんだ。ぶんなぐって、オブライエンさんの歯を一本、折っちまった。けんかをふっかけてきたのはオブライエンさんの方だと親父がいっても、ガンダーさんはオブライエンさんをのこして、親父を切ったってわけさ。ふざけた話だよな。ガンダーの野郎《やろう》め！」

「父さんとおなじような話だね。あれは父さんのせいじゃなかったのに。よし、こうなったらなんとしてもワニを掘《ほ》りだして、大金を稼《かせ》がなくちゃな。そうしたら、父さんもフレッドおじさんもまた笑えるようになるさ。母さんたちもね」

寒く、静かな月明かりの夜、地面には霜《しも》がおりてかたくなりはじめていた。そのため、ぬかるんでいた採掘場《さいくつじょう》の足元は、昼間よりしまっている。ビルは溝《みぞ》の泥《どろ》の壁《かべ》もしまって、安定してくれるのを期待した。ビルは洗浄機《せんじょうき》の横にあった長いロープを持ってきた。

「先におりたい？」ビルはあの溝《みぞ》の目印の棒に近づきながらたずねた。

「いや、おまえがおりろ」アルフがいう。「おまえは一度そのワニを見てるんだから、おまえの方が見つけやすいだろう」

ビルはありがたいと思った。あのワニが一層自分のものだという感じがした。もちろん、アルフとの共有物なのだけれど。ビルは念のためロープを腹のまわりに巻いた。ロープのもう片方のはしはアルフがにぎる。ビルは壁《かべ》にむきあって、かんたんに修復されただけの泥《どろ》の坂をそろそろとおりていった。行く着く先はあの恐怖《きょうふ》の場所だ。でも、今回は自ら選んだことだ。アルフは足を踏《ふ》ん張って、ビルが急に滑《すべ》り落ちないよう、ゆっくりロープをくりだしている。溝《みぞ》の底におり立つと、ビルはロープをほどき、両手を泥《どろ》の壁《かべ》につきながら、慎重《しんちょう》に暗い溝《みぞ》のなかを歩いた。

「じいさんワニは見えるか？」しばらくしてアルフがいった。

「いや、まだだ。移植ごてをほうってよ。すこし掘《ほ》らなきゃだめみたいだ」

月が雲からでると、銀灰色《ぎんかいしょく》の光がふりそそぐ。それでも、地下二・五メートルの溝《みぞ》の底は分厚い闇《やみ》におおわれている。ビルはポケットから火打ち金と火打ち石をとりだし、短いロウソクに火をつけた。アルフが移植ごてを投げてよこした。

「いそげないか？　おそろしく寒いんだ」両手に息を吹《ふ》きかけたり、腕《うで》をたたいたりしながらアルフがいった。

ビルはしゃがみこんだ。手がふるえないように息を大きく吹《ふ》きかけ、コプロライトの層の下に掘《ほ》り下げられたくぼみをふさぐ土を掘《ほ》る。ビルに見えるのはチョークと粘土質《ねんどしつ》の泥《どろ》と石ころばかりだ。そして……。

「ここにいたんだね」ビルはささやいた。泥《どろ》で汚《よご》れた微笑《びしょう》をたたえたワニの歯にふれる。「見つけたぞ！　思った通りだ！」ビルは顎《あご》全体と目がよく見えるように土をとりのぞいていく。

「アルフもおりてきて見てみなよ」

しばらくすると、アルフもロープをたよりにおりてきて、ふたりで溝《みぞ》の底にしゃがみこみ、ワニを見つめていた。ロウソクの明かりのせいで、歯をいっぱい生やした微笑《ほほえ》む顎《あご》と大きくあいた目の穴が、生きているようにちらつく。

「これはワニなんかじゃなくて、ドラゴンの一種だったりするんじゃないのか？」アルフがいった。「聖ジョージが生きていたころにいたドラゴンだよ。さあ、さっさとだしてやろうぜ。もし、『これは聖ジョージが退治したドラゴンです』っていったら、牧師さんは買ってくれるかな？」

「牧師さんが気にいったとしても、奥《おく》さんが許さないだろうな」ビルは笑いながらいった。「でも、きっとだれかがたっぷり払《はら》ってくれるよ」ビルはすこしばかりうしろめたい気がしていた。何千年、もしかしたら何百万年も発見されるのを待っていたワニなのに、売る話をしているんだから。

「気をつけて」アルフがワニの頭のまわりの土を、おりてくるときに持ってきた先のとがった棒でつつきはじめたのを見てビルは思わずいった。「もっとやさしく」

慎重《しんちょう》に顎《あご》のまわりの土をとりのぞいて溝《みぞ》の壁《かべ》から自由にするのに、短いロウソク五本分の明かりと、数時間がかかった。そして、掘《ほ》っているあいだずっと、壁《かべ》がくずれ落ちてこないか心配だった。慎重《しんちょう》に掘《ほ》れば掘《ほ》るほどビルの心臓はどんどんはげしく打ちだす。いつのまにか雲は晴れ、月が太陽の幽霊《ゆうれい》のようにふたりを照らす。ふたりは化石の頭の上を、下を、まわりを掘《ほ》りつづけた。

「どうやって溝《みぞ》からだす？」アルフがいった。

「ロープを結んでふたりでひっぱり上げよう。ずいぶん重いだろうな。それに、そのあとはどこかにかくさないと。ほかの化石といっしょに作業員小屋に置くのはだめだ。オブライエンさんは信用できないから。特に、きみのお父さんにあんなことをしたあとじゃね」

アルフはオブライエンさんのことをどう思っているか示すように、カッとつばを吐《は》いた。

ワニの頭は重たいうえにあつかいにくかった。それでもしまいには、聖書の時代以前からまわりをとりかこんでいた土から自由になった。

「ここには、ほかの部分もあるのかな？　どう思う？」アルフは短いロウソクを掲《かか》げて、ワニの頭につながる胴体《どうたい》がありそうな場所を照らしながらいった。

「きっとあるよ」ビルは答えた。「ぼくたちで……」

「今晩はだめだ。またほかの日の夜にならば胴体《どうたい》も見つかるかもしれない。もし見つかれば、これがワニなのか、ドラゴンなのか、それともほかの動物なのかはっきりわかるだろうな」

「シーリーさんに話せば、博物館の人たちで掘《ほ》りだしてくれるかもしれない」ビルはいった。

ふたりはワニの頭をなんとか溝《みぞ》の外までひっぱり上げ、麻袋《あさぶくろ》に入れた。

「手押《てお》し車《ぐるま》を借りて、おまえんちまで運ぼう」アルフがいう。「おまえんちのニワトリのかこいのなかにかくせるんじゃないか。それとも……」

「シーッ！」ビルがアルフの口を手でふさいだ。「ほらあそこ！　だれかいる」

ふたりはぴたりと腹ばいになって、ずっとむこうにある農園の畑の方を見た。月明かりの空を背景に、だれか背の高い人のシルエットが見える。ランタンを掲《かか》げていて、その男が歩くたびに光の輪がはねるように動く。

「なんてこった！」アルフがうめいた。「親父だよ！　密猟《みつりょう》してるんだ。見ろよ。ウサギを捕《と》ろうとしてるんだな。まちがいない」

フレッドおじさんは、ランタンをかたむけて地面を照らした。そして、立ち止まるとじっと動かなくなった。

「あれはなにを……」ビルが話しはじめた。

「だまって見てろ」アルフがいう。

霜《しも》のおりた地面から、寒さが体にしみこんでくるのを感じた。ビルは早く動きだしたかった。早くワニの頭をかくして、あたたかいベッドにもぐりこみたい。アルフがビルをひじでこづいて指さす。ウサギの長い耳が見えた。ランタンの明かりのなかで凍《こお》りついたように動かないフレッドおじさんの姿も。フレッドおじさんが太い棒をふり上げた。ビルは目をとじた。あの棒でウサギが死ぬところを見たくなかった。

アルフは静かに鼻で笑った。「すぐにウサギのパイを食べられるぞ」

たしかにそうだろうとビルは思った。

フレッドおじさんはぐったりしたウサギを拾い上げ、教会と農園がある方にむかって歩きだした。ふたりはさっと立ち上がった。ニヤニヤ笑うワニの頭のはいった麻袋《あさぶくろ》の両はじを持って、手押し車《ておぐるま》まで運ぶのにぐったりしてしまった。

「アルフは前で手押し車《ておぐるま》をひいて。ぼくは押《お》すから」ビルはいった。ふたりはゆっくり、ふらふらしながら畑を横切った。「ぼくのうちより、アルフの家の方が近いよ」ハーハー息をつきながらビルがいった。「どこか家の裏にでもかくせないかな?」

でも、アルフは返事をしなかった。背筋をのばすと農園の方を見ていった。「もう、日の出ってわけじゃないよな?」

「日の出じゃないよ!」ビルがいう。「火だ! 農園が火事だ!」

火事の方向から叫《さけ》び声がきこえてきた。

「親父の声だ!」アルフがいう。「いそげ! この頭は置いていこう。助けにいかないと!」

第18章

手押《てお》し車《ぐるま》は重くて、ふたりは手こずった。鉄の輪がはまった木製の車輪を押《お》して、霜《しも》がおりてかたくなったでこぼこの泥道《どろみち》を、スミス家の裏庭のはじにあるくずれた壁《かべ》まで進む。

「ここに置いていくぞ、いそげ」そういってアルフは手押《てお》し車《ぐるま》をかたむけた。ビルは麻袋《あさぶくろ》を抱《だ》きかかえるようにして、地面にそっとすべらせた。「ここならだれにも見られないから。いそげ。親父を助けなくちゃ！」

ビルは雑草をひっぱって、麻袋《あさぶくろ》をおおいかくした。

「いそげって！」アルフの声と同時に、ふたりは手押《てお》し車《ぐるま》を返しに、また採掘場《さいくつじょう》まで走った。押《お》してきた手押《てお》し車《ぐるま》は農園の手前に放りっぱなしにした。

農園をオレンジの炎《ほのお》が照らし、あちこちから叫《さけ》び声がきこえてくる。

「燃えてるのは作業員小屋だ」ビルは息を切らせながらいった。あの小屋に置いてあるヘビ石や悪魔《あくま》の足の爪《つめ》、雷石《かみなりいし》が燃えてしまう。そう思ったものの、それよりはるかにだいじなものを思い出した。

「ドリーが！」馬小屋は作業員小屋のすぐとなりだ。

作業員小屋ははげしいいきおいで燃えていた。ゴーゴーと音を立てて炎《ほのお》と煙《けむり》を吹《ふ》き上げるようすは、まるでドラゴンのようだった。ガウン姿のライリーさんが、使用人と息子《むすこ》たちに大声で指示をとばしている。村からもつぎつぎと人がかけつけてきた。ビルはライリーの奥《おく》さんに気づいたが、昼間のようすとはまるでちがっていた。ガウン姿だし、いつもはきりっと結《ゆ》い上げている長い髪《かみ》を背中にたらしている。奥《おく》さんは、男たちが持ってくるバケツや鍋《なべ》に、井戸《いど》のポンプでつぎからつぎへと水をいれていた。

「親父！」アルフが叫《さけ》んだ。

フレッドおじさんは、ほかの男たちといっしょに、バケツの水を炎《ほのお》にぶちまけている。アルフも列にはいって、バケツをつかんではつぎの人に手わたしはじめた。けれども、ビルは小屋のとなりにある馬小屋へと一目散に走った。炎《ほのお》はまだ馬小屋には燃え移っていなかった。風のない日でよかったとビルは心から思った。

「ドリー、どこにいるんだい？」ビルは暗闇《くらやみ》をのぞきこみながら声をかけた。いつもなら、馬小屋のドアの上からその大きな頭をだしているはずなのに、いまはちがった。ビルはかんぬきをはずして、熱い闇《やみ》のなかに足を踏《ふ》みいれた。ドリーは奥《おく》の壁《かべ》に体を押《お》しつけていた。手をのばすビルに、焦《こ》げくさい空気におびえるドリーの気配が伝わってくる。「いい子だね。ぼくだよ。いま外にだしてあげるから。心配しないでだいじょうぶ。すぐに安全なところに……」

ガシャン！　作業員小屋の梁《はり》が落下し、タイルがくずれ落ちる大きな音につづいて、馬小屋のドアから息のつまるような濃《こ》い煙《けむり》がどっと吹《ふ》きこんできた。ドリーの恐怖《きょうふ》に満ちたいななきがひびきわたった。そして、小さな馬小屋のなかで、前足を高く上げ棹立《さおだ》ちになる。ビルはふり下ろされたドリーの足に踏《ふ》まれないように、すばやく身をかわした。

「ほら、いい子だね」ビルは壁《かべ》のフックにかかっているはずの端綱《はづな》を手さぐりしながら、もう片方の手はドリーを落ち着かせようとドリーのおなかにあてる。外からはさらに大声で怒鳴《どな》りあう声がきこえてくる。

「下がれ！」

「はなれるんだ！」

「小屋がくずれ落ちるぞ！」

ビルの心臓がはげしく打つ。煙《けむり》で息もできないほどだ。咳《せき》はでるし、全身汗《あせ》まみれだ。ドリーの大きな頭にいそいで端綱《はづな》をつけようとするが、汗《あせ》で手がすべる。

「だいじょうぶだから。ほら、いい子だね」煙《けむり》がどんどん馬小屋にはいってくる。ドアのむこうで轟音《ごうおん》を立てながら燃えさかる炎《ほのお》を見て、ドリーが奥《おく》で立ちすくんでいる。どっしりとした大きなドリーを無理やりひっぱりだすのはひとりじゃ無理だ。でも、火はどんどん燃え広がっている！　ビルはジャケットをぬぐと、それでドリーの頭をおおい、炎《ほのお》が見えないようにした。ドリーが落ち着きをとりもどすのを待って、馬小屋からひきだし、石畳《いしだたみ》の上をすばやく安全な場所まで移動した。ちょうどそのとき、作業員小屋がくずれ落ちた。火の粉が四方八方にとびちり、黒い煙《けむり》が空にむけて吹《ふ》きあがる。

「よくやった、おまえはビル・エルウッドだな？」ライリーさんがビルの背中をピシャッとたたきながらいった。それから、ドリーの首をなでる。「ドリーをむこうの草地につれていってやってくれ。たのんだぞ」ライリーさんはそういうと、黒焦《くろこ》げの木材やタイルの山と化した作業員小屋の方にもどっていった。そこでは、男の人たちがまだ燃えている火に水をかけたり、布袋《ぬのぶくろ》でたたいて消したりしていた。

ビルはへとへとに疲《つか》れていた。体じゅうが痛い。なんだか、ぼんやりしていて、魂《たましい》がどこかにとんでいってしまったような感じだ。ビルは草を食《は》みはじめたドリーのどっしりした肩《かた》にもたれかかった。ちょうど太陽がのぼりはじめたトランピントンの町がある方向の大地と空の境目がピンク色に染まっている。もうランタンも必要ない。ビルはゲートをあけて、ドリーを牧草地へとひいていった。ドリーはなにごともなかったかのように、頭を下げてむしゃむしゃと草を食べている。

「もう安心だよ、ドリー」ビルは話しかけながらドリーの首をなでた。ビルはゆっくりと小屋があった中庭へともどった。アルフとフレッドおじさんが心配だ。ふたりはいっしょに働いていた。まだくすぶっている小屋の残骸《ざんがい》にバケツの水をぶちまけている。ビルは急に父さんが恋《こい》しくなった。

「もう、家に帰っていいぞ」粉屋のナターさんがいった。「へとへとだろ」

ビルはいわれるままに、家に帰った。

日の出どきに村のなかを歩くのは変な感じだった。もう朝だというのに一睡《いっすい》もしていないどころか、ベッドにもはいっていない。起きだした村の人たちが家からでてきて、農園でなにがあったのかビルにたずねてくる。でもビルは頭を下げたまま、返事をしなかった。ビルの頭のなかは炎《ほのお》とドリー、そしてあのワニの頭でいっぱいだったし、なにより疲《つか》れ果てていて、いちいち答える気にもならなかったからだ。もし、話をきいてもらいたい人がいるとしたら、それは父さんだけなのだし。

ビルが家に近づくと、きちんと着替《きが》えた母さんがさっとドアをあけ、ビルを家のなかにひっぱりいれた。

「ビリーったら、いったいどこでなにをしてたの？」母さんは片手を自分のおでこにあて、もう片方の手を大きなおなかにあてた。

「ぼくは……」話しはじめたものの、なにをいったらいいのかわからない。

「夜にでていったのは知ってるのよ、ビリー」今度は片手を青白い頬《ほほ》にあてている。「わたしはね、梯子《はしご》をのぼってみたの。ベッドは空だし、服もなかった。だからきっとアルフやフレッド・スミスといっしょに密猟《みつりょう》にでもいったんだと思ったの。ねえ、ビリー、どこにいってたの？　まさかどこかに泥棒《どろぼう》にでもいったんじゃないでしょうね？　つかまったら、刑務所《けいむしょ》いきよ。もっとひどいことになるかもしれないんだから」ひ弱な母さんが、いまはがっしりとビルの肩《かた》をつかみ、ゆさぶる。「おまえのせいで、わたしは生きた心地《ここち》がしないんだから。ほんとうにおまえのせいで。わたしはどこでまちがったのかわからない。血筋のせいだとしか思えない！」

「やめてよ、母さん」ビルは肩《かた》をゆすって母さんの手をふりほどいた。それから、壁《かべ》にもたれかかる。立っているのもつらいほど疲《つか》れ切っていた。「密猟《みつりょう》になんかいってないから！」

「じゃあ、なにをしてたのよ？」

ビルは一瞬《いっしゅん》ぎゅっと目をとじ、それから目を見ひらいていった。「大きな化石を掘《ほ》ってたんだよ。アルフといっしょに」

びくっと母さんの眉毛《まゆげ》が上がった。「夜の夜中に？　しかも、スミス家の人間と！　じゃあ、その大きな化石はどこにあるのよ？」

「それは、ちゃんとあるよ。でも、火事があったから、手伝ってたんだ。それで……」ビルは力なく首を横にふった。あまりにも疲《つか》れていて、説明する気にもなれない。

母さんの頬《ほほ》に涙《なみだ》が伝いはじめた。「バックルの奥《おく》さんは、化石は悪魔《あくま》のしわざだっておっしゃってた。わたしはね、もうこれ以上おまえには、その化石にもスミス家の人間にもかかわりを持ってほしくないの！　あの人たちがこの村にきてから、おまえは変わってしまった。おまえは父さんとわたしを、地の底にひきずり落としてしまったのよ」母さんは椅子《いす》にへたりこんで、ビルから顔をそむけた。

第19章

煤《すす》と泥《どろ》、汗《あせ》と涙《なみだ》にまみれたビルは、ベッドにたおれこんだまま布団《ふとん》もかけず、翌日まで眠《ねむ》りつづけた。寒さと喉《のど》のかわき、そして空腹とで目がさめたとき、何時なのか、それどころか何日なのかさえわからなかった。そして、前の晩の記憶《きおく》がどっと押《お》し寄せてきた。ワニの化石。火事！　ほんとうのことを話したのに信じてくれなかった母さん。そして、母さんはいった。ビルが父さんと母さんを地の底にひきずり落とした、と。さらに、もうこれ以上、化石にもスミス家の人間にもかかわりを持つな、とも。その上、どうやら、きょうは仕事にでそびれてしまったようだ。きっと、父さんやフレッドおじさんとおなじようにクビになってしまうだろう。

ビルはベッドの上でちぢこまって丸くなった。いまとなっては、あてにできるのはシーリーさんだけかもしれない。シーリーさんはあの博物館用にワニを買ってくれるだろうか？　ビルは梯子《はしご》をそっとおりて、父さん、母さんの寝室《しんしつ》を通り、階段をおりた。母さんとボグルさんの話し声がきこえる。またしてもだ。ビルが部屋にはいると母さんが顔を上げた。

「ビリー、お茶は？」母さんがおずおずといった。お茶は冷めていて苦かったけれど、喉《のど》のかわきはおさまったし、しゃきっと目もさめた。

「まるで煙突掃除夫《えんとつそうじふ》みたいじゃないか、ビリー！」ボグルさんがいう。「いまちょうど話してたところなんだけどね、フレッド・スミスがつれていかれたんだよ」

カップを口に持っていきかけたところで手が止まった。「つれていかれったって、どこに？どうして？」

「刑務所《けいむしょ》だよ。放火のうたがいでね」ボグルさんがいった。「火事の現場にいあわせたのはフレッド・スミスらしいんだよ。ランタンを持ってね。それで、あの火事はフレッドのしわざにちがいないってことになったのさ。採掘会社《さいくつ》にうらみを持ってたからね。ガンダーさんにむしりとられてるっていってさ。それにしたって、あんなことをするなんてとんでもない話さ。あわれなリリー・スミスと子どもたちのことを考えてもごらんよ！」

ビルはカップをテーブルにたたきつけるように置いた。「そんなでたらめ、いうな！　バカなばあさんはだまってろ！　フレッドおじさんは、きのうの晩、密猟《みつりょう》をしてただけなんだ！放火なんか……」

「それじゃあ」母さんが高ぶる感情を必死におさえ、静かにふるえながらいった。「フレッド・

スミスが密猟《みつりょう》してたことを知ってるってことは、ビリー、おまえもいっしょに……」

「ちがうったら！」ビルは母さんにのしかかるように前のめりになっていった。怒《いか》りのあまり、母さんの顔につばがかかりそうな勢いだ。「ぼくたちは、偶然《ぐうぜん》フレッドおじさんを見ただけだよ。ぼくとアルフがなにをしてたかは、話しただろ。なにをいっても信じてもらえないなら、もうこれ以上なにをいってもむだだよ」

「村じゅうみんながそう思ってるんだよ」ボグルさんが、チッチッとすくなくなった歯の裏に舌を打ちつけながらいった。「いったいだれの思いつきだと思ってるのさ？　村の連中なんだよ、フレッドをひき立てて、刑務所《けいむしょ》にぶちこんだのは。かわいそうなリリー……」

ビルは立ち上がって、ドアにむかった。

「どこにいくつもりなの？」母さんがいう。

「リリーおばさんのところにいってくる」

「やめて！」母さんはビルの背中をつかもうと手をのばしてきた。

「あの人たちはぼくの友だちなんだ。友だちやその家族がなにかたいへんな目にあったときには、そばにいてあげるもんだろ」ビルはバタン！　とドアをしめ、大またで歩きはじめた。まだ全身汚《よご》れたままだったが、そんなことは気にならない。気になるのはアルフとフレッドおじさんのことだけだ。

フレッドおじさんが放火したなんてまちがいにきまってる。ビルは心の底からそう信じていた。たしかにウサギの密猟《みつりょう》は法律違反《いはん》だ。だけど、ほんのすこし家族に食べさせる分だけじゃないか。それがそんなにひどい犯罪なんだろうか？　父親っていうのは、家族を食べさせるもんだろ？　もし、父さんにいまの仕事の話がこなかったら、やっぱり密猟《みつりょう》に手を染めていたんだろうか？

でも、フレッドおじさんがクビになるまでは、すくなくともスミス家に食べものを買うだけのお金はあった。それに、フレッドおじさんが猟《りょう》を楽しんでいたのも知っている。でも、えらい紳士《しんし》たちは肉がほしいわけでもないのに、趣味《しゅみ》で動物のハンティングを楽しんでいる。そっちの方が、よっぽど悪いんじゃないだろうか。ビルにはなにが正しくてなにが悪いのかわからなくなっていた。ただ、密猟者《みつりょうしゃ》であろうとなかろうと、フレッドおじさんが放火なんかしていないのは信じている。そして、フレッドおじさんがバカではないことも。もし、火をつけたのなら、その場からにげだすはずだろうに。

ビルはノックもせずにスミス家の家のドアをあけてなかにはいった。だらしなく髪《かみ》を乱したリリーおばさんが、子どもたちにかこまれて階段にすわっていた。おばさんはエプロンに顔をうずめてすすり泣いている。ドアがあいた音に、おばさんが期待をこめて顔を上げた。でも、そこに立っているのがフレッドおじさんではなくビルだとわかったとたん、おばさんの目から希望の光が消えた。

「つれていかれたの」リリーおばさんがビルにむかっていった。

「知ってます」とビル。

「火をつけたのはあの人だって、みんながいうのよ！　みんな、すぐに流刑地《るけいち》のオーストラリアに移送されるだろうって。そうじゃなければ……」おばさんは自分の手で口をおおった。

「だけど、おじさんはやってません」

「おれも、ずっとそういってるんだ」ビルのうしろからアルフがいった。「ねえ、おふくろ、ビルとおれは親父を見たんだ。親父は密猟《みつりょう》してた。でも、それだけさ。おれはガンダーさんにもそういったんだ」アルフは母親の肩《かた》に腕《うで》をまわしていった。「心配しなくてだいじょうぶだよ。ビルも親父がなにをしてたのか、ライリーさんに話してくれるから。おれがいってもきいてくれなかったけど、ビルがいえばきいてくれるよ。ビルの家の方がちゃんとしてるんだから」

いまのアルフのことばをきいたら、母さんもよろこぶだろうと、ビルは苦々《にがにが》しく思った。

アルフがひじでこづいて合図をしてきたので、ビルとアルフは外にでた。「これから、農園にいかなくちゃ。そしてライリーさんに話すんだ。さあいこう」

「だけど、アルフの親父さんはウサギを密猟《みつりょう》してたんだよ」ビルがいう。「それも話すのか？　法律違反《いはん》なのに。もし話したら、また別のやっかいごとに巻きこまれるんだぞ」

「ああ、話すんだよ。そっちの話なら信じるだろ？　実際にやってたんだし、そのことはみんなも知ってた。親父があそこにいたことも説明できる。それに、ほんとうのことなんだから。親父が火をつけてないのとおなじ、ほんとうのことなんだ。たしかに罰金《ばっきん》は払《はら》わされるだろう。もしかしたら、しばらくは刑務所《けいむしょ》暮らしかもしれない。だけど、やつらは親父を絞首刑《こうしゅけい》にするっていってるんだぞ！」

「まさか！　ライリーさんはそんなことさせないよ」アルフに追いつくために、ビルは走りながらいった。

「警察に親父が放火犯だっていったのは、そのライリーさんなんだよ。みんなが最初にあそこにいたのは親父で、ランタンを持っていたって証言したからさ」息を切らしながらアルフがいう。「ガンダーさんだって親父をかばってくれなかった。その時間にその場にいたわけじゃないから、自分にはなんにもいえないっていったんだ」

「それはほんとうのことなんだからしかたないよ。だけど、ぼくたちには証言できる。そこにいたんだから。それに、親父さんにはウサギを捕《と》ったあとに火をつけるなんてできっこなかったよ。あのときには、火はもう大きくなってたんだから」

ふたりは大きな農園屋敷《やしき》の玄関《げんかん》ドアをドンドンとたたいた。ドアをあけたのはライリーさん本人だった。ライリーさんはすっかり身ぎれいになって、おしゃれなジャケットを着ていた。夕食の最中だったのはあきらかで、ナプキンで口をぬぐっている。ビルはとつぜん、きのうの夜のさわぎで自分がひどいかっこうをしているのに気づいた。それはアルフもおなじだった。

「おまえたちか」ライリーさんがいった。「ああ、わかってるよ。きのうの夜手助けしてくれた子たちみんなに、六ペンスずつあげよう」そういってポケットに手をつっこみ、小さな銀貨をふたつ手わたした。

「ありがとうございます、ライリーさん。でも、おじゃましたのは別の話があるからなんです」ビルが最初に口をひらいた。「ぼくはきのうの夜、フレッド・スミスさんが密猟《みつりょう》しているのを見たことをお知らせにきたんです。そのすぐあとで火事に気づいたんですけど、火はもう大きくなってました。スミスさんが最初に火をつけるなんて無理だったんです。犯人はスミスさんじゃありません」

「そうなのか？」ライリーさんが顔をしかめる。

「はい、アルフとぼくとで見たんです、フレッドおじさんが……」ビルがつづけようとすると、ライリーさんが口をはさんだ。

「フレッドおじさんだって？」おどろいたように眉《まゆ》が上がった。「フレッド・スミスはきみのおじさんってことなのかい、ビル？　そして、もちろん、きみのお父さんということだな、アルフ？　それできみたちは、守ろうとしてるってわけだ」

「だけど、ほんとうに無実なんです！」ビルがいった。

「ライリーさん、お願いします！」とアルフ。

ライリーさんは首を横にふった。「わたしにできることはなにもないよ。たとえその気になったとしてもね。スミスは警察の手でキャッスルヒルの郡刑務所《けいむしょ》につれていかれた。そして、じきに裁判だ。もう、わたしの手をはなれてしまったんだよ」

「でも、そんなのおかしいよ！」アルフがいった。「親父はただ密猟《みつりょう》してただけなのに」

「ああ、たしかにな」ライリーさんが笑い声をあげた。「その点は信じるよ。フレッド・スミスは久しぶりにこの村にもどってきたというのに、はやくもその特別な趣味《しゅみ》を持ってることが知れわたっているんだからな。きみは、お父さんにかけられた嫌疑《けんぎ》のリストに、さらに密猟《みつりょう》を加えることが、役に立つとでも思うのか？　わたしはきみのためにひとついいことをしてあげるよ、アルフレッド。警察には密猟《みつりょう》のことはいわないでおいてあげよう」

「だけど……」

「どちらにせよ、裁判官は被告《ひこく》の親類縁者《しんるいえんじゃ》の証言は採用しないんだ。お父さんを救うのなら、希望が持てるのは、優秀《ゆうしゅう》な弁護士を雇《やと》うことだ。期待していいのはそれだけだ」ライリーさんはドアをしめかけて、とちゅうで手を止めた。「しかし、そんなことで時間とお金をむだにはしてほしくないもんだ。フレッド・スミスには新しい小屋を建てるための莫大《ばくだい》な貸しがあるんだからね。すくなくともこのわたしは、スミスがこの村からいなくなるのをちっとも残念に思わないよ」ドアが完全にしまりきる前に、ライリーさんはまたなにか思いついて、ドアをふたたびあけた。「ところで、きみたちふたりはあんな夜中にいったいなにをしていたんだね？密猟《みつりょう》を教えてもらってたのかい？　それとも、火をつけたのはきみたちだったのか？」

「ちがいます！」ビルがいった。「ぼくたちは掘《ほ》りだしてたんです」

「ドラゴンを」アルフがつづけた。

「ああ、わかったわかった」ライリーさんは首をふりふり、ピシャッとドアをしめた。

しばらくのあいだ、ふたりはただ呆然《ぼうぜん》と、しまったドアを見つめていた。

「あの人はちっとも……」アルフはそういいながら、ドアを蹴《け》ろうと、片足をうしろにひいた。

「だめだ！」ビルはアルフをひっぱってドアからひきはなした。「そんなことしたら、ぼくたちもただの悪ガキだと思われてしまうよ。なんとかしてフレッドおじさんを助ける方法を考えなくちゃ。話をこじらせる方法じゃなくて」

「だけど、どうやって？」アルフの目には涙《なみだ》がうかんでいる。「弁護士を雇《やと》うお金なんてないよ」

「いいや、だいじょうぶ。あのワニが売れれば。あの頭の化石をシーリーさんのところに持っていこう。あの人は公正だから。きっと高く買ってくれるよ」

けれども、だれにも見られずにあのワニをシーリーさんのところまで持っていく方法がわからなかった。シーリーさんがいくら払《はら》ってくれるのかも、弁護士を雇《やと》うにはどれぐらいのお金がかかるのかも、そして、フレッドおじさんの裁判がはじまるまでにあとどれぐらい時間があるのかもわからない。でも、ビルはアルフにそうした心配ごとはいっさいいわなかった。ビルはアルフの目をしっかり見ていった。「ぼくたちのドラゴンがきみのお父さんを助けてくれる。ほんとだよ」

第20章

つぎの週になって、父さんから手紙が届いた。水っぽいシチューとパンの夕食を食べながら、母さんがその一部を読んでくれた。

「ここはすばらしいところです。わたしたちの働く場所のほかはまだほとんど見ていないのですが、お屋敷《やしき》の大きな窓からちらっとなかを見るだけでも、信じられないほど大きな絵がたくさんあるし、剝製《はくせい》の動物や鳥もあります。庭師の助手ひとりといっしょに使っているわたしの部屋は、馬小屋の上にあるのでとてもあたたかく、キッチンではたっぷり食べています。とはいっても、わが家が恋《こい》しくてたまりません」母さんはちらっとビルを見た。「かわいそうに、ここでクビにさえならなければね」

「いつ帰るか、書いてない？」ビルがたずねた。

母さんは手紙をひっくり返した。「クリスマスイブには帰るって。二、三日だけね」そこで母さんがビルをにらむように見た。「父さんは、おまえがちゃんとわたしのめんどうをみていることを信じてるって」そこでまたビルに目をやる。「密猟《みつりょう》と火事のことを知ったら、いったいどう思うだろうね？」

火事の翌日、コプロライトの発掘《はっくつ》はおこなわれなかった。採掘《さいくつ》会社のほとんどの作業員が火事のあとかたづけをした。さらに会社は早めにクリスマス休暇《きゅうか》にはいって、しばらく採掘場《さいくつじょう》を閉鎖《へいさ》することにした。その間に、作業員小屋を再建する予定だ。クリスマス休暇《きゅうか》があけるまで、ビルには仕事も稼《かせ》ぎもなくなった。母さんと赤ちゃんがあたたかくすごせるように、もっと石炭を買わなければと焦《あせ》ってしまう。けれど、すくなくとも、化石の頭をオブライエンさんやほかの人に見られずに、バグズ通りのアルフの家の裏から持ってくる時間はできた。オブライエンさんたちはまだ火事のあとかたづけでいそがしくしているからだ。学校もクリスマス休みにはいって、アルフも自由になった。

ビルはワニの頭をケンブリッジまで運ぶ方法を相談するためにアルフの家にいった。すると、リリーおばさんとリジーは、秋学期が終わって大学の寮《りょう》から大量にでたシーツの洗濯《せんたく》で大いそがしだった。弁護士を雇《やと》うお金を稼《かせ》ぐための仕事だ。ただでさえ狭《せま》いアルフの家は、部屋じゅうにはりめぐらされた洗濯《せんたく》ひもに干したシーツで、いつもに増して窮屈《きゅうくつ》でじめじめしていた。外は雨で寒いのだから、しかたない。リリーおばさんはフレッドおじさんに面会してきた。おじさんはおびえきっていたという。

「これまでにも、いろんなことがあったけど、あんなにこわがっているのははじめて見たわ。こっちまでおそろしくなるぐらいだった」

「ビルとおれとで会いにいってくるよ」アルフがいった。

「裁判はクリスマスが終わって、裁判官や弁護士たちがもどってきたらはじまるらしいの。二週間ほどたったらってことね」リリーおばさんがいった。

「でも、おれとビルにはいい考えがあるんだ。だから心配しなくてだいじょうぶ」アルフがいう。

おばさんは、それがどんな考えなのかはたずねなかった。それでも、ふたりにむかってにっこり微笑《ほほえ》んで、洗濯《せんたく》ひもにまた別のシーツをかけはじめた。

ビルが昼ごはんを食べに家にもどると、またボグルさんがいた。ビルはボグルさんと母さんのふたりに、リリーおばさんからきいたことを話した。

「フレッドおじさんが小屋にいったときには、もう火事になってたんだって。おじさんはライリー家の人たちを起こそうと、大声で呼んで、自分は消火を手伝ったんだ。おじさんは、火をつけたのはだれか別の人だっていってる。あの近くには偶然《ぐうぜん》燃え移るような明かりも火もなかったし、ロウソクもなかったんだから。でも、それがだれなのかは、おじさんにはわからないんだって」

「ええ、でも、それはあの人がいってることなんでしょ？」母さんがいう。

「ああ、その通りだよ」とボグルさん。「あの男がやったことなら、あたしゃ覚えてるよ……」

ビルがききたくないような話を、ボグルさんは延々《えんえん》つづけた。母さんもききたくなかったのか、とちゅうで口をはさんだ。

「おまえがでかけてるとき、ガンダーさんのところの作業員がさがしにきたわよ。おまえが小屋に集めてた化石は火で黒くなってしまったっていってた。でも、まだあそこにあるから、ほしいんならとりにこいって。さっさと持っていかないと、捨てるっていってた」

「よかった。あれはまだちゃんと売れるよ」ビルはいった。

母さんは返事をしなかった。ボグルさんはまた話しはじめた。


アルフとビルは作業員小屋の焼け跡《あと》にいった。黒ずんだ基礎《きそ》のレンガや柱、濡《ぬ》れて灰色になった木の灰などからでる焦《こ》げたにおいが鼻をついた。割れたタイルも散らばっている。火事で焼けのこった黒くて奇妙《きみょう》な形をしたものも山のようになっている。柄《え》の焼け落ちたシャベルや干し草集めに使うフォーク、へこんだランタンやブリキのカップ、バネや機械の留め金などがあった。ビルとアルフのアンモナイトや悪魔《あくま》の足の爪《つめ》もいくつかはある。小屋の板の上にならべて置いてあったものだ。

「五個しかないね」ビルがいった。「十個あったのに。きっとどこかにまぎれちゃったんだろうな」

「それか、オブライエンさんが盗《ぬす》んだかだな」アルフが悪魔《あくま》の足の爪《つめ》を手のひらの上でひっくり返しながらいった。「こんなに黒くなったものを、おまえがいってた市場の人がひきとってくれると思うか？　あのドラゴンの頭も、高い値段で売るには、きれいにしなきゃだめだろうな。市が立つのはあしただぞ」

そこでつぎの日の朝早く、ふたりは井戸《いど》から水をくんできて、庭にあったリリーおばさんのブリキのたらいにあけた。ふたりは壁《かべ》をよじ登り、慎重《しんちょう》に麻袋《あさぶくろ》を壁越《かべご》しに運び、ワニの頭をだした。ふたりはリリーおばさんの床磨《ゆかみが》き用のブラシを使って砂や泥《どろ》を落とし、歯や目、顎《あご》がよりはっきり見えるようにした。冷たい水が、ふたりの傷だらけの手を刺《さ》すように痛めつけた。

「なかなかかっこいいよな」ビルはいった。大きなワニの笑顔《えがお》がビルを勇気づけた。「こいつはぼくんちにかくそう。そうすれば、知りたがり屋のきみの家族に見つかる心配もないから」

ふたりは麻袋《あさぶくろ》で大きな三角巾《さんかくきん》のようなものを作り、それにのせて、ふたりでよろめきながらワニの頭をビルの家まで運んだ。

「ケンブリッジまでこうやって運ぶのは無理だな」アルフがあえぎながら、かついでいた肩《かた》を反対に代えていった。

「それなら、シーリーさんに馬でここまで見にきてもらおう」ビルがいう。

ふたりはワニの頭を包み直し、ニワトリのかこいのすみにかくしてケンブリッジにむかった。

「シーリーさんに話したあとで、フレッドおじさんと面会しよう」ビルはいった。ビルの父さんは翌日には帰ってくるはずだ。父さんの帰りがこんなに待ち遠しいのははじめてのことだ。日は照っているのに寒いなか、小さな化石をポケットにいれたふたりは牧場《まきば》をこえて進んだ。アルフはリリーおばさんからわたされたバスケットを持っている。

「なにがはいってるの？」ビルがたずねた。

「親父への差しいれさ。ちょっとしたクリスマス・プレゼントだっておふくろはいってた。焼きたてのパンとスモモのジャムだよ。ジャムはビルのおふくろさんからもらったんだぞ」

「ほんとに？」母さんはスミス家の連中はがさつな悪い人たちだから、近づかないようにとずっといってきたのに。ビルはジャムひと瓶《びん》分であれ、母さんが妹に対するやさしさを持っていることがうれしかった。

「ボグルさんを通して受けとったんだ。それから、スカーフもある」アルフはやわらかい茶色のスカーフのはじをひっぱりだしていった。そして、にやりと笑う。「これがあれば、親父もすこしはあったかいだろ？」アルフはスカーフを自分の首に巻き、はしっこをジャケットの首元に押《お》しこんだ。「これはすごくやわらかいんだ。ほら、さわってみろよ」

「これはだれにもらったの？」ビルがいう。

「しゃれてるだろ？」アルフはやわらかいウールを指でいじりながらいった。「これはバックル牧師の奥《おく》さんがくれたんだ。奥《おく》さんは親父のようすをたずねにきてくれた。たぶんキリスト教徒の義務ってやつなんだろうな。おふくろはあの人の背中から太陽の光があふれだしてるように思ってる。いろいろものをくれるからな」

「ぼくの母さんもそう思ってるよ」ビルはため息をついた。

「おれはあの人はきらいだ」アルフがいう。「おれの姉ちゃんや妹たちにおさがりのドレスをくれるのはいいんだけど、なんでわざわざ、リボンだのかわいらしい飾《かざ》りだのを切りとらなきゃいけないんだ？」

「自分の娘《むすめ》たちとおなじくらいりっぱに見えるのがいやなんだろうな」ビルはそういってからしばらくだまった。そして、つづける。「神様はリボンだのなんだの、服によけいなものをつけてる人と、ただ質素なドレスを着てる人と、どっちを好むと思う？」

「おいおい、なにがいいたいんだよ？」

「だってほら、教会の十字架《じゅうじか》にかけられたキリストのことを考えてみてよ。あの人は、腰《こし》のまわりをちょっとばかりの布でおおってるだけだよ。フリルもリボンもつけてない。そして、神様の息子《むすこ》なんだ。十字架《じゅうじか》にかけられる前だって、質素なガウンみたいな服だけだろ？　はだしだし、帽子《ぼうし》もかぶってない。いくら大むかしだって、紳士《しんし》とはほど遠いよ」

「ってことは、おれもはだしだから、牧師さんよりキリストに近いっていうのか？　おまえはほんとにバカだな、ビリー。でも、笑えるよ！」

ふたりはまっすぐシドニー・サセックス・カレッジにいった。

「ちょっと待てよ、ビリー」アルフがビルの腕《うで》をひいていった。「こんなところに、いれてもらえるわけがないだろ！」

けれども、ビルは石造りのアーチを通って守衛所にむかった。

「シーリーさんはここに住んでるんだ。もし、おもしろい化石を見つけたら、ここにきてみてくれっていわれてるのさ。だからきたんだ。きっとすごくよろこぶよ。いまにわかるから」

「じゃあ、いってこいよ」アルフがいった。「おれはこれ以上めんどうに巻きこまれるのはごめんだから、ここで待ってるよ」

そこでビルは守衛所のドアをあけてなかにはいった。

でも、ビルがでてくるまでずいぶん時間がかかった。

「どうしたんだ？」アルフがいう。

「シーリーさんはしばらくここにはもどらないんだってさ。クリスマスで家族のいる家に帰ってるって。その家がどこにあるのかは教えてもらえなかった。それに、いつもどってくるのかもわからないって」ビルはそれ以上のことはいわなかった。シーリーさんがフレッドおじさんの裁判がはじまる前に帰ってきて、あの大きな化石を買ってくれるかどうかわからないという不安にはふれなかった。それでも、アルフもおなじことを考えているようだった。「さあ、市場にいって、小さな化石を売ってこよう。そのあとでアルフのお父さんに面会だ」

ケンブリッジの市場はお祭りさわぎだった。屋台の屋根の支柱からクリスマス飾《かざ》りのヒイラギやヤドリギがぶら下がっている。アヒルやシチメンチョウ、ニワトリ、それにハムや牛肉もならんでいる。見ているとおなかがへってきた。

「あれを見ろよ！」アルフが聖マリア教会の脇《わき》にある幌《ほろ》馬車を指さした。明るい色の布を頭に巻いた女の人が、両腕《りょううで》の腕輪《うでわ》をジャラジャラ鳴らして入り口に立っている。

「お若い方々《かたがた》、あなたの未来を占《うらな》いましょう」その女の人がいった。「たったの六ペンスであなたの未来がわかるのよ」

「あの人、親父がこの先どうなるかわかると思うか？」アルフがいった。

「まだ起こっていないことを、あの人がどうやって知るのか、ぼくにはわからないよ。あの人の口からでまかせをきくより、弁護士を雇《やと》えるだけのお金を手にいれて、未来を正しい方向にむける方がずっといいと思うな」

「それで、その化石の屋台ってのはどこにあるんだ？」アルフがいった。

ビルは指さした。

屋台の男は、女の人の相手でいそがしそうだった。大きくふくらんだスカートをはいて、ボンネットやショールを身にまとった女の人だ。その女の人は半分に切ってみがかれたいくつかのアンモナイトの渦《うず》に指をすべらせていた。

「ペーパーウェイトにいいわね」女の人がいう。

「それなら、重い方がいいですね」屋台の男が答えた。

「それって、もっと大きくて、値段も張るものってことなんでしょ？」そのご婦人は眉《まゆ》を上げてたずねた。

「ええ、そうなりますね、奥様《おくさま》。でも、クリスマスですから、奥様《おくさま》にだけ特別におまけいたしますよ、よろこんで」屋台の男は笑《え》みをうかべる。そこで男は、こづきあいながらくすくす笑っているビルとアルフに気づき、頭をふってあっちにいけと合図した。ふたりは動かない。女の人がほしいものを買い終えると、男はふたりに顔をむけた。

「またおまえか」ビルを見ていう。「今度はなんの用なんだ？」

「化石を持ってきたんです。買ってもらえないかと思って」ビルはそういって、アンモナイトと悪魔《あくま》の足の爪《つめ》をポケットからだした。

男はちらっと見ていった。「ふん、がらくたばかりだ」鼻で笑う。

「半分に切れば、なかは新品同様でしょ、さっきの女の人が買ったやつみたいに」ビルがいう。

「なるほど、シーリーさんとおしゃべりしてから、専門家気どりってわけだ」

「どれも二シリングにはなると思うけど」

「二ペニーがせいぜいだ」男はそっぽをむいた。

「おれたち、ドラゴンの頭も持ってるんだ」アルフが口をはさんだ。「ただ重すぎて持ってこなかった。もしほしいんなら、荷馬車でとりにくるといいよ」

「だめだアルフ！　あれはここ用じゃないんだから」

「ドラゴンだと？」男があざ笑う。「そんなものがあるはずは……」

「そう、あるはずないですよ」ビルがすぐにことばを受け継《つ》ぐ。「それより、この化石をお願いします」

「ドラゴンがだめなら、化け物の化石っていってもいい」アルフはめげずにいう。「このビリーはよく似たやつを博物館で見たっていってる。そうだよな、ビリー？」

「うん、まあ」しかたなく認める。この人は、弁護士を雇《やと》えるだけのお金で買ってくれるだろうか？　そんなことはありそうにないと思いながらも、「背に腹はかえられない」ということわざを思いうかべた。ボグルさんならいいそうなことばだ。そこでビルはこういった。「それはワニの頭みたいなものなんだ。化石ハンターの女の人が発見したやつみたいな。覚えてないけど、ラテン語の名前がついてた」

「ほう、そうなのか？　大きさは？　どんなものだって？」男は急に興味を持ったようだ。お客さんが展示品を見ているのにもおかまいなしだ。

アルフは両手を広げていった。「歯がびっしり生えた顎《あご》があって、これぐらいの大きさだよ。それに目もある。そいつはにったり微笑《ほほえ》んでるんだ。だからきっと、だれだってほしくなるんじゃないか？　だれだって、陰気《いんき》な顔をした化石より陽気な化石の方が好きだろ？　その分高く売れるだろうし」

「で、そいつはどこにあるんだって？」

「おれたちがかくしてるのは……」アルフがいいはじめた。

「鍵《かぎ》のかかった安全な場所だよ」ビルがアルフをだまらせるようにいう。

屋台の男は、いいことをきいたとでもいうように両手をすりあわせている。ビルが見ているのに気づくと小さく笑い声をあげた。「きょうは寒いな。ああそうだ、おまえたちに、パブであったかい飲み物でもおごってやろうか？」

アルフが口をひらきかけたが、ビルがあわてて先にいった。「いいえ、けっこうです。ぼくたち、きょうはこの化石を売りにきただけだから。そのあとで、いくところもあるし」

「ああ、それなら」男は両手でもみ手をしながらいった。「まあ、きょうはクリスマスイブの前の日だし、そのがらくたのちっぽけな化石をまとめて一シリングで買ってやろう」そういうとふたりの化石をテーブルの上から屋台のうしろにあった箱にいれた。それから、ブリキの缶《かん》からお金をとりだす。「悪い取り引きじゃないだろ？　ほら、ひとり六ペンスずつだ。ハッピー・クリスマス！」そういって、小さな六ペンス銀貨をそれぞれに手わたした。「さあ、これでどうだ?」

「ありがとうございます!」アルフがいう。

「ああ、それからもうひとつ」男がいった。「おまえたちが話したそのドラゴンの頭とやらも、おれが買ってやろう。そうだな、五シリングでどうだ? 五シリングだ。ああ、それにアヒルも一羽つけてやろう。おまえたちの家族へのクリスマス・プレゼントだ。さあ、どうする?」

「ああ、それなら……」アルフがうれしそうに話しはじめた。

「アルフ!」ビルはそうささやいて、屋台からはなれたところへひっぱった。

「なんだよ?」

「おまえさんのお仲間は五シリングほしくないようだな」男がビルをにらみながらアルフにいう。「いまこの場できめないと、この先おなじ条件で買うかどうかは保証できないぞ。きょうはたまたま、気前よくやりたい気分なんだ。おまえたちのポケットに六ペンスずついれてやったのもそれが理由だ。だがな、この気分がいつまでつづくかは、おれにもわからないんだからな」

ビルはなにもいわずにフレッドおじさんへの差しいれのはいったバスケットを持ち上げて、歩きはじめた。

アルフがあわててあとを追う。「おい、なんだっていうんだよ?」アルフがそういっても、ビルは黙々《もくもく》とキャッスルヒルにむかって歩く。「おれたち、いまごろは熱いものでも飲んでたかもしれないいんだぞ。それにお土産《みやげ》に丸々《まるまる》太った大きなアヒルを……」

「フレッドおじさんの面会にいくんだろ。それに、あのワニはもっと価値があるんだ。あいつがいった値段よりずっとずっと高く売れる」

「どうしてわかるんだよ、しかも、そんなとつぜんいまになって」

「そうじゃなきゃ、あいつがあれこれおまけをつけてまで、ほしがるはずがないだろ？」

「ああ、たしかに、飲み物やアヒルをつけて安い値段で買いとろうって魂胆《こんたん》はおれにだってわかるさ。だけどな、ビリー、おれはあのワニのほんとうの価値なんてどうでもいいんだ。親父を助けられるだけの金さえ払《はら》ってくれればな。五シリングならきっと十分だ。それに、おまえのお友だちのシーリーさんとやらが、親父の裁判までにもどってこなかったらどうするんだよ。おまえみたいな、お上品で金持ちの家のやつなら、それでいいんだろうけど……」

「ぼくの家だって、父さんが給料をもらって帰るまでは、家賃だってパン屋への支払《しはら》いだって、つけにしてもらってるんだ」母さんが他人にこんな話をするのをどんなにいやがるかはわかっている。特に相手がスミス家のものならなおさらだ。「だけど、いまいちばんだいじなのは、フレッドおじさんなんだ。手にいれたお金は全部、おじさんのために使うんだよ」ビルはそういって、六ペンス銀貨をアルフに手わたした。

「ありがとうよ、ビル。だけど、これじゃぜんぜん……」

「わかってるよ」ビルはいった。ふたりは占《うらな》い師の幌《ほろ》馬車の前を通りすぎた。いまでは外に長い列ができていた。みんな、手に六ペンスをにぎって、おしゃべりをしながら待っている。

「いいことを思いついた」ビルがいった。「さっきの屋台の男に売るよりも、あのワニを使ってもっと稼《かせ》ぐ方法があるよ。しかも、ワニを手放さなくてもいいんだ。売るのはそのあとでいい」

「どうやって？」

「ドラゴンを見世物にするのさ」ビルがいった。

第21章

郡の刑務所《けいむしょ》があるキャッスルヒルにむかうあいだずっと、ふたりはドラゴンを見世物にするというアイディアについて話しあった。あの微笑《ほほえ》む化石の頭だけを見世物にしてだいじょうぶだろうか？　わざわざお金を払《はら》ってまで見たい人がいるんだろうか？　場所は？　見物料は？やるとしたらいつ？

「どんな風に見せたら見映《みば》えがいいか、考えなくちゃいけないな」ビルはいった。「花の品評会でいろいろな展示を見たけど、ぼくたちの化石みたいなものはなかった」

「おれはイプスウィッチのお祭りにいったことがあるんだ」アルフがいう。「ひげが生えた女の人の見世物があったよ。その人、ひげが生えてるだけじゃなくて、すごくおしゃれなかっこうをしてた。羽飾《はねかざ》りのついた帽子《ぼうし》をかぶったりしてな」

ふたりは話に夢中になりすぎて、気づいたらとつぜん刑務所《けいむしょ》の前に立っていてびっくりした。ドアの両側には太い柱が立っていて、門の上にはりっぱな石造りのアーチがあった。「さあ、アルフ、ノックしなよ」ビルがいう。
刑務所《けいむしょ》のなかは暗くて寒く、怒鳴《どな》り声や、金属がぶつかりあうような音がひびきわたってい
た。バスケットを手にしたアルフといっしょに、監房《かんぼう》にむかって看守のうしろを歩くビルは、
両手のこぶしをぎゅっとにぎりしめていた。
どの監房《かんぼう》も高いところに鉄格子《てつごうし》のはまった窓があり、となりの房《ぼう》とのあいだの壁《かべ》は鉄格子《てつごうし》に
なっていた。看守は五人の男たちを収容した監房《かんぼう》の前で立ち止まった。五人とも無精《ぶしょう》ひげが
のびていてくさいし、青白い顔をしていて、寒さに耐《た》えるため、自分で自分を抱《だ》きしめていた。
ビルにはみんながおびえているように見えた。その男たちのなかに、鼻筋の通ったフレッドお
じさんがいるのにとつぜん気づいて、ビルはショックを受けた。
「アルフなのか？」フレッドおじさんが鉄格子《てつごうし》に近づいてきた。
アルフはなにもいわない。ただ親父さんをじっと見つめて、パンとジャム、それにスカーフ
を一度に手わたした。
「ああ、これであたたかくすごせるぞ！」フレッドおじさんはスカーフを首に巻いていった。
ビルは、食べ物やスカーフをじっと見ているほかの受刑者《じゅけいしゃ》たちの、あきらめたような目つきに
気づいた。受刑者《じゅけいしゃ》なんかじゃない、とビルは思い直す。ここにいるからといって、フレッドお

じさんは、有罪がきまった受刑者《じゅけいしゃ》っていうわけじゃないんだから。どうして自分は、そんなことばを思いついてしまったんだろう？　人というのは、まだ有罪ときまらないうちから、有罪だときめつけるものなのかもしれない。ライリーさんや村の人は、フレッド・スミスは有罪だと思っている。裁判ははじまってもいないのに。

「それで、おまえさんの家族は元気かい、ビル？」フレッドおじさんがたずねた。まるで、客間でお茶を飲み、ケーキを食べながら話しているような調子だ。さびた鉄格子《てつごうし》のむこう、悪臭《あくしゅう》を放つ男たちのなかから話しかけているとは思えない。

ふたりは長居はしなかった。アルフは親父さんにほとんどなにも話さなかった。ただ、大きく見ひらいた目で親父さんを見つめるばかりだ。じきに看守が鍵束《かぎたば》をジャラジャラ鳴らしはじめた。さっさと帰れといわんばかりに。アルフは親父さんの腕《うで》をつかもうと手をのばした。フレッドおじさんは鉄格子《てつごうし》から手をだして、順番にふたりの手をにぎった。まるで、いっぱしの男としてあつかってくれてるみたいだとビルは思った。

「ハッピー・クリスマス」二人は口々《くちぐち》にそうささやきあった。でも、二人ともクリスマスがハッピーなものになるとは信じていない。

そして、ふたりはフレッドおじさんをそのおぞましい場所にのこして立ち去った。看守のあとにつづいて廊下《ろうか》を歩くあいだ、ふたりは無言だった。刑務所《けいむしょ》の大きなドアから外にでてはじめて、ふたりは口をひらいた。

「なんとしても、だしてあげないと」アルフがいう。「そうだろ？」

「うん」

刑務所《けいむしょ》の中庭には、絞首台《こうしゅだい》があった。先が輪になったロープが風にゆれている。

「ドラゴンの見世物、どんな風にやるんだ？」アルフがいった。「なんとしても、弁護士代を稼《かせ》がなくちゃ。なんとしても！」

「わかってるよ」ビルがいう。「かならずだ」

ビルは、ニワトリのかこいのかたすみにかくした袋《ふくろ》のなかで、にんまり笑う石のことを思った。あいつはぼくたちのことをあざ笑っているんだろうか？　それとも、あの微笑《ほほえ》みで、ぼくたちを助けてくれるんだろうか？

第22章

つぎの日の朝、ちょうどビルがシャツを頭からかぶろうとしていると、階下から叫《さけ》び声がした。

「父さんが帰ってきたわよ！」

ビルが階段をかけおりると、父さんはまだ寝間着《ねまき》姿の母さんを抱《だ》きしめていた。ビルが遠慮《えんりょ》して近づかずに見ていると、父さんが気づいてくれた。

「ビリー！　おれは牛乳運搬《うんぱん》用の汽車で駅まできて、そこから歩いてきたんだ。すこしでも早くおまえたちに会いたくてな」そういって、カバンをごそごそかきまわす。「プレゼントを持ってきたぞ」まず父さんは、稼《かせ》いできた給料を母さんに手わたした。それから、紙袋《かみぶくろ》をさしだす。

「なんなの、これは？」母さんがきいた。

「サクランボの砂糖《さとう》漬《づ》けだよ。甘《あま》くてうまいぞ。お屋敷《やしき》の料理人が作ったものだ」

母さんはクンクンとにおいをかぐ。「で、その人はいくつなの？　美人なんじゃない？」

父さんは笑った。「太ったおばあさんだよ、目も片方しか見えない。おまえとはくらべものにならないよ、サリー。それに、このサクランボ代はちゃんと払《はら》ってる。心配するなって」

ビルへのプレゼントは折りたたみ式の小型ナイフだった。ナイフを手にしたビルは、なんといっていいかわからなかった。お店で買ったものだ。こんな上等なプレゼントをもらったのは、うまれてはじめてだ。文句のつけようがないプレゼントだった。

「屋内でも屋外でも、働く男ならポケットにナイフを持ってるもんだ。ひもを切るのも、鉛筆《えんぴつ》を削《けず》るのも、果物の皮をむくのも、なんでもござれだ」父さんはいった。「もちろん、羽根ペンのペン先だって削《けず》れる。ほら、柄《え》にイニシャルを彫《ほ》ったんだ。ウィリアム・エルウッドのWEだ。おれのとおなじさ」

「ありがとう」ビルはナイフをポケットにしまった。つぎに父さんは照れ笑いをうかべながら、またなにかとりだした。今度は、手作りの木のガラガラだった。頭の部分が空洞《くうどう》になっていて、そこに木の玉がひとつはいっていた。ふるとコロコロ音がする。なめらかに、美しく仕上げられていた。

「これは赤《あか》ん坊《ぼう》用だ」父さんはビルにむかって軽くうなずきながらいった。ビルが赤ちゃんのことをすでに知っていると、母さんから教えてもらったにちがいない。手紙で伝えたのかもしれない。「前の嵐《あらし》で落ちたライムの枝を彫《ほ》って作ったんだ。おまえたちに会いたくてたまらない夜には、いい気晴らしになったよ」父さんは母さんにいいわけめいた表情でいった。「まだ早すぎるのはわかってるんだ。でも、おまえと赤《あか》ん坊《ぼう》のことばかりずっと考えていたから」

母さんはにっこり笑うと、いちばんお気にいりのハンカチでそのガラガラを包んで、ひきだしにしまった。

「ニワトリたちのようすはどうだ?」父さんは裏口にむかって足をひきずりながらいった。「ちょっといっしょに見にいこう、ビリー。母さんから、どちらも卵をうまなくなったってきいたぞ」

着替《きが》えにいった母さんをおいて、父さんとビルは裏口をでた。母さんは最後にとっておいたお茶っ葉で紅茶をいれてくれるだろう。

「あそこにころがってる、でっかいかたまりはなんなんだ?」父さんが麻袋《あさぶくろ》で包んだワニの頭を指さしていった。そこでビルは正直に話した。火事のこともワニのことも、フレッドおじさんのことも全部。父さんはすべてをきき終わると、しゃがんで笑顔《えがお》のワニを袋《ふくろ》からだした。そして、それが生きた動物でもあるかのように、やさしくなでる。

「こいつはおどろいたな!」父さんはいった。「きっといい見世物になるぞ。苦しい立場のあわれなフレッドを助けてくれるかもしれないな」それから、ちらっとふり返る。「いまはまだ、母さんに見世物の話はしないほうがいいだろう。これ以上、あれこれと心配をかけたくないからな。さあ、まずはお茶を一杯《いっぱい》飲んで、アルフと相談しよう。はじめるのはそれからだ」

父さんがもどってくるというのは、ほんとうにいいことだ。


「こいつを見世物らしくするには、頭以外になにを足したらいいんだろうな？」父さんは裏庭で、アルフとビルにむかっていった。母さんは家のなかで足を高くしてすわっている。父さんがそうするように説得したからだ。

「胴体《どうたい》があったほうがいいな」ビルは博物館の化石を思い出しながらいった。「そのほうが頭だけより、ずっと見映《みば》えがよくなるよ」

そこでアルフは肉屋へいき、父さんとビルは採掘場《さいくつじょう》の屑山《くずやま》からバケツに一杯《いっぱい》分の粘土《ねんど》をとってきた。ふたりは納屋《なや》にあった道具を使って、その粘土《ねんど》で、背骨の形を作った。そこへアルフがひと抱《かか》えの骨を持って帰ってきた。

「肉屋で血まみれの床《ゆか》をきれいに掃除《そうじ》したら、この骨をくれたよ」アルフがいう。

「ウィリアム？」家のなかから母さんが呼んでいる。

父さんは指を唇《くちびる》にあてた。「静かにやるんだぞ。おれはなかにもどったほうがよさそうだ」ビルの手は濡《ぬ》れた粘土《ねんど》をいじっていたせいで、冷たく、感覚がなくなっていた。ビルは粘土《ねんど》のはいったバケツの方を顎《あご》でさしながらいった。

「その粘土《ねんど》を骨にこすりつけたら、頭とおなじくらい古く見えるようになると思うな」

弱々《よわよわ》しい冬の太陽が沈《しず》むころには、ドラゴンらしく見せるのに必要なものはだいたい作り終えて、あとはかわくのを待つだけの状態だった。

「あしたはクリスマスだよ」ビルがいった。「昼ごはんがすむまで、でかけるのは無理だな」

「おれもだよ」とアルフ。「刑務所《けいむしょ》の面会も、クリスマスはできないんだよな。かわいそうな親父」

「すぐにだしてあげられるよ」ビルはいった。ただ、自信たっぷりというわけではなかったが。

クリスマスということは、村人の大半が教会へ礼拝にでかけるということだった。ウィドノールさん一家もライリーさんたちもナターさんたちもだし、バックルの奥《おく》さんと子どもたち、その他お屋敷《やしき》からやってきた人たちは最前列にすわった。みんな上等のボンネットやショール、山高帽《やまたかぼう》なんかをひざの上や信徒席の下に置いている。ひとりでやってきたスネリング先生は、まんなかあたりの席にいた。

エルウッド家は、ディリー家やほかの労働者たちといっしょにうしろの方の席だ。リリーおばさんと子どもたちはいちばんうしろの両翼《りょうよく》の席を占《し》め、側廊《そくろう》にまではみだしている。ビルはちらっとふり返ってにこっと微笑《ほほえ》んだ。いちばん上等のペイズリー柄《がら》のショールをまとった母さんは、まっすぐ前を見てふり返らない。父さんはふり返って、クリスマスのあいさつ程度に軽く頭をさげた。

リリーおばさんは、なんだか老《ふ》けこんで見えた。スミス家の子どもたちはいつになくおとなしく、じっとしている。きょう、フレッドおじさんのために祈《いの》りを捧《ささ》げる村人はどれぐらいいるんだろう？　もちろんビルは祈《いの》るつもりだ。それに、うまれてくる弟か妹のためにも。

最近では、母さんのおなかは目立ってきた。片手を大きなおなかにのせてすわっているそのようすは、むかしぼくが眠《ねむ》るときに、頭に手をのせてくれたときのようだとビルは思った。そういえば、もうずっとやってくれていない。母さんはかたい信徒席にめいっぱい背筋をのばしてすわっている。でも、顔はミルクのように白い。母さんが牧師さんのことばをちゃんときいているのかいないのか、ビルにはわからなかった。牧師のバックルさんは、赤《あか》ん坊《ぼう》のキリストがうまれたのはとてもみすぼらしいところだったと語っている。それをきいて、母さんもなぐさめられるかもしれないとビルは思った。すくなくとも、母さんの赤ちゃんは馬小屋よりはましなところでうまれるだろうから。

ひざの上で帽子《ぼうし》をにぎった父さんは、バックルさんのことばに熱心に耳をかたむけている。ビルはほとんどきかずに、知り合いの村人たちの顔をながめ、その人たちのことを考えていた。

昼ごはんにはチキンがでた。ベティだ。父さんはきのうの夜のうちにベティの首をひねり、羽をむしり、さばいていた。最後のニワトリ、フロップにもおなじことをした。フロップはベティよりすこし大きかった。父さんはフロップを、クリスマスの食事用にスミス家に持っていくようにビルにいった。

「母さんにはないしょだぞ」父さんは唇《くちびる》に指をあてていった。「てきとうなタイミングで、おれから説明するから」

けれども、ジャガイモの皮をニワトリにやるために外にでてきた母さんに、ビルがフロップの足を持って、さかさにつるしているところを見られてしまった。

「そこでなにをしてるの？」そういわれて、またこそこそと泥棒《どろぼう》でもしているんだときめつけられるのでは、とビルは身がまえた。ところがちがった。

「きっと父さんが、リリーのところに持っていけっていったんでしょ。家のなかが冷えるから、さっさとなかにはいってドアをしめてちょうだい」それから、ビルに小さな包みを手わたした。「これもリリーに持っていってちょうだい。ドアがあいたら、ただ手わたしてくるの。家のなかにははいらないのよ。それから、ボグルさんのところにいって、お昼にクリスマスのごちそうを食べにきてくださいって伝えてね。だれだって、クリスマスにひとりぼっちはいやなものだから」

それで、ビルはいわれた通りにした。母さんへの鈍《にぶ》くくすんでいた愛情が、急にあたたかく明るく炎《ほのお》をあげたような気がした。母さんだって自分のなかの愛情に気づいて、教会で妹にあいさつぐらいしたっていいのに。

母さんからあれこれ指示されながら、クリスマスのランチの仕上げをしたのはビルだった。教会まで歩いて往復したせいで足がむくんでしまった母さんは、足をスツールの上にのせてすわっていた。テーブルのセットは父さんがした。ビルは野菜をきざみ、つけあわせを鍋《なべ》からだして皿にのせた。タマネギとパン粉をつめたニワトリが焼き上がって、香《こう》ばしい香《かお》りが家じゅうにただよい、ビルのおなかがグーグー鳴った。お昼ちょうどにボグルさんが瓶《びん》を一本持ってやってきた。

「ニワトコの実のワインだよ。サリーの体にいいのさ。あんたにもだよ、ウィリアム。ビルにもすこし飲ませてもいいだろ？」

「それはだめ。ビルはまだ子どもなんだから」母さんがいった。

おとなたちが父さんの仕事の話で盛り上がっているあいだ、ビルはおいしい食べ物に集中できて満足だった。チキンの最後のひと切れと、グレービーソースのしみたポテトをじっくり味わう。それから、背筋をのばして両親とボグルさんを見やった。三人とも暖炉《だんろ》の火とワインとで頰《ほほ》を赤く染めている。ビルは自分でも不思議なぐらい幸せな気分だった。

ローストチキンのあとには、プラム・プディングのデザートまであった。レンジの上であたためられていたので、もう二時間ばかりも甘《あま》いフルーツの香《かお》りが家じゅうを満たしていた。

「とりわけてちょうだい、ビリー」母さんがいった。「食器棚《しょっきだな》のいちばんいいお皿にね。そうそれよ。お皿はやかんのお湯であたためて、その上にプディングをのせてね。まあ、おいしそう！」母さんはそういってくすくす笑った。父さんがビルを見て、ふたりで笑いだしてしまった。母さんにはふだんからニワトコのワインを飲ませるといいかもな、とビルは思った。「このプディングはウィドノールの大奥様《おおおくさま》からいただいたの」母さんが父さんにいった。「まるでなにもなかったみたいにね」

「おやさしいことだ」父さんがいう。ビルもそうだと思いながら、ウィドノールという名前がでるたびに感じる、おなじみの複雑な罪悪感をいだいてしまった。

プディングはおいしかった。レーズンや砂糖漬《さとうづ》けの果物の皮、アーモンドやチェリーとブラウンシュガーの甘味《あまみ》、そしてたぶんブランディもすこしばかり。ボグルさんが話しているあいだ、ビルは満足感に浸《ひた》った。プディングはいい香《かお》りだし、満腹だったし。ボグルさんは父さんや母さん以上にワインを飲んでいた。

「きのう、おまえさんを見かけたよね、ビル。スミスのところになにか持っていったんだろ?」ボグルさんがいう。「あたしゃ、声をかけたよね、ビル?」ボグルさんはそういうと、母さんに顔をむけた。「なにを持ってるのか見せてもらったんだよ。そうしたら、おまえさんとこの古株のニワトリじゃないか。ちゃんとさばかれてたんだよ、サリー」父さんはおろおろしている。でも母さんは、しゃんと顎《あご》を上げた。

「知ってるわよ」母さんがいう。「過去を許して水に流すのは、ウィドノールの大奥様《おおおくさま》だけじゃないの」

「ああ、そうなのかい」ボグルさんは残念そうだ。でも、口をとじていたのはほんのわずかなあいだだけで、すぐにまた話しはじめた。「あのニワトリの包みを見て、あたしがなにを思い出したと思う? あのちっぽけな赤《あか》ん坊《ぼう》さ。うまれたばかりで小麦粉の袋《ふくろ》にくるまれて、あのニワトリみたいに道を運ばれて……」

「さてと、すごく豪華《ごうか》なランチだったな」父さんがテーブルから椅子《いす》をうしろにひきながらいった。

父さん、ありがとう。ビルはそう思った。せっかくのごちそうを、ボグルさんのおそろしい赤《あか》ん坊《ぼう》の話で終わるなんてまっぴらだ。とりわけ、母さんのおなかのなかに赤《あか》ん坊《ぼう》がいるいまは。その子がまた、ボグルさんの話の種になるのかどうかはわからないけれど。

「ほんとうにおいしかったよ、サリー」父さんは母さんの手をとり、キスをしていった。「おれとビリーは暗くなる前にちょっとやることがあるんだ。でも、食器のあとかたづけはしにもどるから。ご婦人方おふたりは、火のそばでトランプでもいかがですかな？　サクランボの砂糖《さとう》漬《づ》けを食べててもいいし。サリーが足を上げてるように気をつけててくださいね、ボグルさん」

「でも、ふたりでどこにいくっていうの？」母さんがいう。「まさかパブじゃないでしょうね？」

父さんは笑い声をあげて、母さんに投げキスをした。父さんはもともとパブになんかいかない人だ。ただし、きょうは別だった。でも、パブにいくのは母さんが考えているような理由があってではない。

第23章

ふたりはパブに歩いていった。ビルと父さんは「赤いライオン亭《てい》」までいったが、なかにははいらない。父さんはパブの横の空き地にドラゴンの見世物小屋を建てる許可を亭主《ていしゅ》からとりつけた。そのあと、予定通りに外でアルフと落ち合った。

「で、どんなアイディアだって？」アルフがたずねる。

「このふたつのでっかいゲートが入り口になるだろ」父さんがいう。「そのうしろに枠組《わくぐ》みを作って、布をかぶせればテントになる。なあ、ビリー、ちょっと前に母さんがフォークスさんからもらった古いカーテンが役に立つと思うんだ。まだ、ちっとも使っていないし、とても大きいカーテンだからな」

「あの黄色いカーテン？　どれも色あせてて、縁《ふち》はぼろぼろだよ」

「ああ、それだ。あれはテントの壁《かべ》にできると思う。それに、雨に備えて、屋根の部分は防水シートでおおえばいい」

「四隅《よすみ》に旗を立てるってのはどう？　お祭りのときみたいに」アルフがいった。

「いいじゃないか」と父さん。

アルフはにこっと笑った。「こいつは、グランチェスターはじまって以来、最高のショーになるぞ！」

赤いライオン亭《てい》の亭主《ていしゅ》は、となりの空き地でイベントをやるというアイディアを気にいった。パブにお客が流れてくるだろうからだ。亭主《ていしゅ》はしょっちゅう顔をだしては、仕事の進みぐあいを気にした。パブに一杯《いっぱい》ひっかけにやってきた客も、立ち止まってなにをしているのかたずねていく。

「ここで見世物をやるんです」ビルはいった。「あしたです。三ペンスで本物のドラゴンが見られるんですよ」ワニというより、ドラゴンといったほうがだんぜんいいと思った。それに、嘘《うそ》ってわけじゃない。もしかしたら、ほんとうにドラゴンかもしれないんだから。

ビルはシーリーさんの話を思い出していた。フランスの学者さんは、メアリー・アニングがいろいろな動物の骨を組み合わせて、未知の生物をでっちあげたと考えたという話だ。そして、ダリアの色を変えたことがインチキだと責められたことも。あれを思い出すと、いまも居心地《いごこち》が悪くなる。それでも、フレッドおじさんのために、りっぱな見世物をやらなきゃいけない。

三人で必要な材料を集めてきて、見世物小屋のテントを張り、屋根に防水シートもかぶせた。テントのなかは暗かった。外が暗くなりはじめていたし、さらにカーテンの壁《かべ》が外からの光をさえぎっているせいだ。ビルは作業小屋の火事場から拾ってきたでこぼこのランタンに油を足して、新しい芯《しん》をとりつけた。ランタンは油漏《も》れもなく、明るく輝《かがや》いたので、ドラゴンを組み立てる作業の明かりとして役立った。

化石の頭は、ドラゴンのいちばんの見せ物だ。明かりで照らすと、歯と目はくっきりと目立つ。ビルとアルフはテーブルの上にスツールをひとつのせ、それを黒い布でおおった。それから、化石の頭をその上にのせた。そこがドラゴンの頭の位置になる。そして、ビルが粘土《ねんど》で作った、まだすこし湿《しめ》っているずんぐりした背骨が五十二個。首のところの骨は小さく、背中にかけて大きくなり、ななめにのびるしっぽの先にいくほど小さくなる。ビルと父さんは母さんの編み棒を使って、まだ粘土《ねんど》がかわいてかたくなる前に、ひとつひとつに穴をあけておいた。その穴に父さんの園芸用の撚糸《ねんし》を通してつなぎ、背骨が頭とおなじ高さからななめ下にむかってのびているように、屋根の梁《はり》からひもでつるした。寒くて暗いなかで五十二個の骨を正確な位置に固定して結ぶのは、たいへん集中力のいる作業だった。

「それ、いいナイフだな」ビルの手元を見てアルフがいった。

「父さんにもらったんだ」そう答えてから、あらためてフレッドおじさんのことを考えた。アルフも考えているようだ。「さあ、このドラゴンを本物に見えるように作らなきゃね。そうすれば、見にきた人がほかの友だちにも伝えて、もっとお客さんがふえるだろうから。その扇子《せんす》をとって。このドラゴンは空もとぶんだ！」

何年か前、フォークスさんが母さんにくれた扇子《せんす》だ。広げると半円になる。人前で使うには破れたところがちょっと気になるけれど、捨ててしまうのはもったいなくて、母さんにくれたんだろう。絵が描《か》かれた紙が張ってあり、ビルが手にとるまではタンスのこやしになっていた。手にとるといっても、盗《ぬす》んだことになるのかもしれない。なにか正しいことをしようとするたび、なにかしら悪いことをしてしまうのはどうしてなんだろう？　ビルはナイフをアルフに貸して、扇子《せんす》から紙を切りとる作業をしてもらった。のこった骨を広げると、本物の小さな翼《つばさ》の骨みたいに見える。ビルは牛の骨をテーブルから垂らして、足に見えるように置いた。ちゃんとした位置におさまるように、黒い布に縫《ぬ》いつけていく。

「なんか、おかしいぞ」アルフが指さしていう。

「そんなことないよ」ビルが答える。「ウサギの足がどうなってるか考えてみてよ。うしろ足はずいぶん大きくて、うしろにつきだしているだろ。その先に小さな骨が前にむかってくっついてる。このドラゴンはウサギみたいにはねるんだよ！」

「それで、空もとぶのか？」

「そう、とぶんだ。おもしろければおもしろいほど、お金を払《はら》って見にきてくれる人はふえるだろ」

ビルはあの大きな木のゲートのむこうで、もうすでに人々《ひとびと》が興味津々《きょうみしんしん》でざわめいているのに気づいていた。

「看板も作らなきゃな」ビルはアルフにいった。「あの占《うらな》い師が幌《ほろ》馬車にはってたみたいなやつを」

父さんが亭主《ていしゅ》と話をつけて、古い看板をもらってきた。裏返して使える。

〈さあ、過去の世界をのぞいてみよう！　グランチェスターのドラゴンに会いにいこう！〉ビルは父さんが花の授粉用に使っていた筆でそう書いた。ペンキは父さんが玄関《げんかん》のドアを塗《ぬ》り替《か》えたときに使った緑のペンキののこりだ。ペンキがかわくと、ふつうのガチョウの羽根ペンとインクで文字にハイライトをつけたり、空とぶドラゴンの絵を描《か》いたりした。その看板を木のゲートに釘《くぎ》で打ちつける。

「あの屋台の男が払《はら》うっていった金額を集めるには、ひとり三ペンスなら何人こなくちゃだめなんだ？」アルフがいった。

ビルはすでに計算ずみだった。その結果は、ちょっと不安になるものだった。

「二十人だよ。それぐらいなら、すぐに集まるだろ？　それに、ぼくたちの手元にはシーリーさんに買ってもらえる頭がのこるんだから。それがいつになるのかはわからないけど」ビルはそう強がりをいった。

「もし、クリスマスでみんなお金を使い果たしてたらどうする？　採掘場《さいくつじょう》は早めに休みにはいったし、見世物に金をだす余裕《よゆう》はないかもしれないぞ」アルフはそういって顔をしかめた。

「このドラゴン、だれも見たことないぐらいおもしろいものにしたほうがいいんじゃないか？　おれがもっとなにかつけ足すよ」アルフはそういうと、ゲートを押《お》してでていった。

父さんも、すこし前に母さんのところへ帰ってしまっていた。ビルはしばらくのあいだ、ドラゴンとふたりきりになった。

「ねえ、ワニくん、ドラゴンに仕立て上げられても、気にしないだろ？」ビルは微笑《ほほえ》む化石に問いかけた。その微笑《びしょう》はいまの状態を楽しんでいるように見える。「長い長いあいだ、暗い地面の底にいるより、ずっといいだろ？　これが終わったら、ちゃんとした落ち着き先を見つけてあげるからね」ビルはそう約束した。

アルフがものすごい勢いでテントにとびこんできた。ランタンの炎《ほのお》が大きくゆらめく。「火を持ってきたぞ！」アルフの手には炎《ほのお》のようにきらめく、まっ赤なシルクの切れ端《はし》がにぎられていた。その布は黒い布を背景に、ほんとうにドラゴンが口から吐《は》いた火のように見えた。「この布はおれたちがイプスウィッチにいたとき、親父がけんかに勝って手にいれた、いちばんのお気にいりのハンカチなんだ。親父だって、よろこんでくれると思うだろ？」

「だけど、骸骨《がいこつ》がどうやって火を吐《は》くんだ？」ビルはいった。けれども、テントの屋根から細い糸でつるすと、ほんとうに化石の口から吐《は》きだされた火のように見えて、とてもいいということは認めないわけにいかなかった。

真冬の短い一日は、どんどん暗さを増していく。

「ロウソクに火をつけようぜ」アルフがいった。「ほんのすこしのあいだでいいんだ。むだづかいじゃないさ。どんな風に見えるのか、たしかめておかないといけないからな」

パブの亭主《ていしゅ》は短いロウソクののこり屑《くず》をたくさんくれた。ふたりはそのロウソクを、あまった粘土《ねんど》の背骨に立てて火をつけ、テントじゅうにならべた。

「壁《かべ》に近づけすぎないで！」ビルはそういうと、アルフといっしょにあとずさりして、できばえをじっくりとながめた。ふたりにじわじわ笑顔《えがお》が広がった。

「生きてるみたいだ！」アルフがいう。

「嘘《うそ》みたいな話だけど、このワニは大むかし、ほんとうに生きてたんだよ」とビル。

ロウソクの火が、頭や背骨、翼《つばさ》やシルクの炎《ほのお》をチラチラと照らすと、光と影《かげ》がゆらめいて、ワニが動いているように見えた。動き、呼吸をし、ふたりを見つめているようだった。

第24章

クリスマスのつぎの日の朝、ビルはアルフより早く見世物テントにやってきた。赤いライオン亭《てい》の亭主《ていしゅ》はゲートにかんぬきをかけてくれたし、番犬も飼っていたけれど、ビルはワニのことが心配で、あまり眠《ねむ》れなかった。オブライエンさんがワニのことをどこかからききつけて、盗《ぬす》むんじゃないかと思っていたからだ。それで、夜明け前に起きて、たしかめにきた。

ありがたいことに、見世物テントは荒《あ》らされていなかった。ビルはワニの鼻面《はなづら》をやさしくなでてあいさつをした。化石に対してというよりは、ドリーに対するように。でも、その鼻面《はなづら》は冷たく、うれしそうに首を上げ下げすることも、いななくこともなかった。

「いよいよ、ショータイムだよ、ワニくん」ビルはいった。

「おいおい、化石とおしゃべりなんて気はたしかなのか」アルフが勢いよくゲートをあけてテントにはいってきた。「ほら、空き缶《かん》を持ってきたぞ。お金は全部ここにいれてもらうといい」父さんも、準備が整ったかどうか見にやってきた。「ほー、どこもかしこもりっぱなもんだ」

父さんはいった。「おれは母さんからたのまれた仕事をあれやこれや、かたづけなくちゃならないんだ。見世物が終わってかたづけるときに、なにか手助けが必要なら呼んでくれ。とにかく、お客さんがたくさんくるといいな」そういって、空き缶《かん》に三ペンスいれてくれた。「さあ、いよいよはじまるぞ。おまえたちの怪物《かいぶつ》を見せてもらった観覧料第一号だ」父さんはそういってゲートからでていった。でも、すぐにまた頭だけテントにつっこんでいった。「なあ、ビル、もう、母さんに教えてもいいかい？　なんなら、つれてこようか？　きっと、母さんも誇《ほこ》らしく思うんじゃないかな。それに、もし伝えるのが遅《おそ》すぎて見のがしたりしたら、きっとかんかんに怒《おこ》ると思うぞ！」

ビルはその通りだと思った。自分自身、赤ちゃんのことを教えてもらえず相当頭にきたからだ。「うん、じゃあ父さんから伝えて」ビルはいった。父さんならきっとうまいぐあいに伝えてくれるだろう。

明るくなってくると、外にでてくる人たちがふえてきた。ビルとアルフは交代で村じゅうを歩きまわって呼びこみの声をあげた。

「さあさあ、グランチェスターのドラゴンを見においで！　火を吐《は》き、地をはね、空をとぶ、巨大《きょだい》なドラゴンだよ！　お代はたったの三ペンス。さあさ、みなさんお立ち合い！」

ふたりは見物料はフレッド・スミスのためだとはひとこともいわなかったけれど、村人たちは、そのあたりのことは察しているようだった。

「おれの稼《かせ》ぎを何日分もふいにした放火魔《ほうかま》のために、だれがそんな高い金を払《はら》うもんか」ある人はそういった。

けれども、スミス家のとなりに住むパン屋はやってきた。「正直いって、ドラゴンにそんなに関心があるわけじゃないんだ。だけどな、なんとかおまえの親父さんを助けてやりたいんだよ、アルフィー。親父さんが丸々《まるまる》太ったウサギをこっそりくれたのは、一度や二度じゃないんだ」パン屋はそういいながら、その日、ふたつ目の三ペンスコインを空き缶《かん》にいれてくれた。ゲートを通り、カーテンでこしらえたテントのなかにはいっていくパン屋につきそうように、アルフもなかにはいった。外にいるビルにも、アルフがどんな風にこのドラゴンを見つけたのか説明する声がきこえてきた。

「あれは、暗い嵐《あらし》の夜だった。あんなときに外にでかけようなんて、まともな人間なら考えもしないだろうに、ビリー・エルウッドはちがっていた。あいつはなにかを感じたんだな。まるで呼び寄せられたみたいに」

「呼び寄せられたって？」パン屋がいう。「いったい、だれに？」

「この化け物にだよ！」

アルフが芝居《しばい》がかった調子でいう。「暗くて、じめじめした土の底深く、はるかむかしに埋《う》められたドラゴンは、自分のような石の骨のことをよく知る子どもがいるのを感じとったにちがいない」

「なるほど、それがビリー・エルウッドだったってわけか」パン屋がいう。「おれもあの作業員小屋にならんでた化石を見たことがあるんだ。あそこにだれかが火を放つ前にな。いや、その、火事になる前のことだけどな」パン屋は咳《せき》をしながらごまかしたが、アルフはきこえないふりをした。

「『こい！　くるんだ！』ドラゴンはビリーに呼びかけた。『おれはここだ！　おれをここからだしてくれ！』そこでビリーはここにあるこのシャベルで……」

物語はつづいた。パブにやってきた人たちの耳にも、アルフの語りが届いていることにビルは気づいた。みんな、立ち止まって耳をかたむけている。

「本物のドラゴンなんか、いるはずないだろ？」だれかがビルにそういった。

「本物の化石なんです」ビルは答えた。「なかにはいったら、化石の頭にさわってみてください。あなたは何千、何万、もしかしたら何百万年もむかしに生きていた生き物、つまり歴史にさわったことになるんですよ」

「歴史にさわるってのは、なんだかめでたそうだな」その人はポケットからコインをとりだし、空き缶《かん》にいれるとなかにはいっていった。

見終わってでてきたパン屋の口は、おどろきでぽかんとあいたままだった。パン屋がまわりの人たちに見たものきいたことを語ってきかせるものだから、たくさんの人が三ペンス払《はら》ってなかにはいっていった。一ペニーの子ども料金ではいる子どもたちもふえてきた。やがて、父さんが母さんをつれてやってきた。母さんはアルフの方をけっして見ようとしなかったが、ビルといっしょになかにはいった。

「どうだ、すごいだろ、サリー」父さんがいう。

「ほんとうね。だけど、わたしの物もあるじゃないの。あれはわたしの扇子《せんす》でしょ？　それに壁《かべ》はわたしのカーテンじゃない。ほんとにもう！」そういいながらも、母さんは小さく笑った。ビルはうれしかった。

「おまえたち、すごいじゃないか」しばらくして、パン屋がもどってきた。手には焼きたてのパンがのったトレイを持っている。「これを一個一ペニーで売るといい。売り上げはおれからの寄付だ。なあアルフ、親父さんにはおれの気持ちを伝えておいてくれ」

赤いライオン亭《てい》の亭主《ていしゅ》も大よろこびだ。

「ほら、熱々《あつあつ》のパイだ。食べてくれ。おかげでおれも商売繁盛《はんじょう》だよ」昼休みに亭主《ていしゅ》はふたりにそういった。「店はおまえたちの見世物の話題でもちきりだぞ。こんなににぎやかなのは、はじめてだよ」

お客のいりは午後三時過ぎごろにピークをむかえた。アルフは語りにさらにみがきをかけた。自分自身が幽霊《ゆうれい》っぽく見えるようにと、パブのキッチンにいって小麦粉で顔を白くするいれこみようだ。何世紀ものあいだグランチェスターの地の底に横たわっていたドラゴンが、どのように救いだされたかの物語は、語るほどに細部に尾《お》ひれがついてドラマチックになっていった。

そして、日が暮れかけたころ、びっくりするようなお客さんがやってきた。

「ウィドノールさん！」ビルはゲートからとびだしてむかえた。「それに、みなさんも……」

「そうとも、みんなそろってるぞ！」ウィドノールさんは笑いながら、手で家族をさししめした。大きく広がったスカートに、ショールと帽子姿《ぼうしすがた》のウィドノールさんのお母さん、奥《おく》さん、義理の妹さんだけではなく、紳士《しんし》もふたりいた。

「グランチェスターのドラゴンが展示されているときいて、がまんできなくてね」ウィドノールさんは大きな半クラウン硬貨《こうか》を空き缶《かん》にいれ、お釣《つ》りを返そうとするビルにむかって、そんなことはしなくていいと気前よく手をふって合図した。アルフは二列にならんだ一家をふたりずつテントのなかへと導いた。「まるでノアの方舟《はこぶね》に乗りこむところのようだな！」ウィドノールさんがいった。

ウィドノールさんの御一行《ごいっこう》は、アルフが語るドラゴン登場の場面をききながら見物した。「いやあ、すばらしい！」テントからでてきたウィドノールさんは絶賛した。「エルウッドの息子《むすこ》よ、きみにはショーの才能があるよ！」

ビルは顔を赤らめた。

「しかしですね、この怪物《かいぶつ》はほんとうの本物なんですかね、ウィドノールさん？」物かげからでてきた男がそうたずねた。オブライエンさんだ。「このようなことにお詳《くわ》しい紳士《しんし》に、ぜひ、うかがってみたかったんですがね」

ビルは体をこわばらせた。

「ああ、それなら、一部はうたがいようのない本物だね」ウィドノールさんは山高帽《やまたかぼう》をかぶりながらそういい、家族をしたがえて家にむかって歩きだした。

オブライエンさんは、ビルにむきなおった。「おまえみたいな小僧《こぞう》が、いったいどこで本物のドラゴンの一部を見つけたのか、不思議でならないんだよ」オブライエンさんは、入場料を払《はら》わずにゲートを押《お》して、テントのなかにはいっていった。

「おい！」なかからアルフの声がしたので、ビルはテントに頭をつっこんだ。オブライエンさんがドラゴンをつつきまわし、背骨をはげしくゆさぶったものだから、一部が下に落ちてしまった。

「こんなものに、だれがだまされるものか……」オブライエンさんはそう息巻いている。それから、その手を止めて、化石の頭に顔を近づける。オブライエンさんはへこんだランタンを手にとり、それを化石の頭のそばでゆらしながら、つついたり、じろじろ見たりしている。「おい、おい、これは……」オブライエンさんが声の調子を上げたので、外で待つ人たちにもきこえる。「こいつは盗品《とうひん》じゃないか、まちがいない！　おまえたちスミス家のものは、どいつもこいつもおんなじだ。盗《ぬす》みはするは、放火はするは……。ウッ！」アルフがオブライエンさんのおなかに一発パンチを食らわした。

「親父は小屋に火なんかつけてない！」アルフが叫《さけ》んだ。「それにおれたちはこの化石を盗《ぬす》んでなんかいないぞ！」

「ほお、これは化石なんだな」オブライエンさんは痛そうに腹をおさえながらも、勝ち誇《ほこ》ったようにいった。「だとしたら、これがどこからでてきたものなのか、おれが知らないとでも思うのか？」

「採掘場《さいくつじょう》ですよ」アルフのとなりにやってきたビルがいった。

「やっぱり、思った通りだ」オブライエンさんが声高《こわだか》にいう。「それはつまり、採掘《さいくつ》会社のものということだ。おまえたちはまちがいなく盗《ぬす》んだんだよ！」

「ガンダーさんはほかの化石を自由にとらせてくれてます。オブライエンさんだって採掘場《さいくつじょう》からとった化石を売って、お金にしてるじゃありませんか」ビルがいう。「あなたも会社のものをとったってことですよね？　あなたも盗《ぬす》んだってことですよね？」

「ふん、自分は賢《かしこ》いつもりなんだろう。だがな、勝手にいい気になってるがいいさ。おれはおまえたちのことを報告してやるからな。ガンダーさんだけじゃなく、会社の上層部にもな！」オブライエンさんがテーブルを蹴《け》とばしたので、化石の頭が大きくゆれた。ビルはあわてて手でおさえる。「おれがおまえたちの盗《ぬす》みを報告したら、会社はお礼をたっぷりくれるだろうさ」オブライエンさんはそういうと、ピンク色の大きな手を、アルフが持っていた入場料のはいった缶《かん》にむけてのばした。アルフが遠ざけるが、オブライエンさんはがっちりつかんだ。それから、パッと手をはなしたので、アルフはバランスをくずしてたおれ、缶《かん》のなかのコインがテントの床《ゆか》にちらばった。

オブライエンさんはアルフを蹴《け》ろうとするかのように足を上げたが、鼻で笑って外にでて、ゲートを音高くしめた。そして、外の人たちにむかって大声でいう。「ここにはドラゴンなんかいないぞ、インチキだ！」

「インチキなんかじゃない！」アルフは立ち上がると、オブライエンさんのあとを追って外にでた。

「おやおや」オブライエンさんがにやりとした。そして、アルフも思わずたじろぐような脅《おど》し文句をいった。「それなら、もしおれがここにあるのがドラゴンじゃないと証明したら、みなさんに入場料を返すんだな？」

アルフは立ちすくんだ。まわりの人たちは期待をこめてアルフを見ている。アルフになにがいえるというんだろう？　うしろにいたビルはそう思った。

「ああ、いいだろう」アルフがいきりたって答えた。「これが本物じゃないと証明したら、お金は全部返すよ！」

ああ、アルフ、なんてことをいうんだ。ビルは気分が悪くなった。オブライエンさんに証明なんかできるんだろうか？　お金は全部なくなってしまうんだろうか？　それに、ぼくたちはあの化石を盗《ぬす》んだことになるんだろうか？　ビルはフレッドおじさんのように自分が刑務所《けいむしょ》にとじこめられるところを想像してしまった。

「わたしに見せてもらえるかな？」おだやかな紳士《しんし》の声がした。それがだれなのかに気づいて、ビルは心からほっとした。

「シーリーさん！」ビルはいった。

まわりの人たちはみな、こんなに大きくてりっぱな馬からおりた紳士《しんし》が、いったいなにをいうのかと、息をのんで見守った。

オブライエンさんはあわてて帽子《ぼうし》をぬいで、シーリーさんにむかって軽くお辞儀《じぎ》をしていった。

「こいつはとんでもないインチキでして、お金をむだにするようなものですよ」

シーリーさんはビルの方を見ようとしないし、声もかけない。ただ六ペンス硬貨《こうか》をアルフの手ににぎらせると、オブライエンさんとまわりの人たちににっこり微笑《ほほえ》みかける。

「紳士淑女《しんししゅくじょ》の皆様《みなさま》、わたしはケンブリッジのウッドウォーディアン博物館から参りました。友人から、ここグランチェスターでドラゴンが発見されたという話をきいたものですから、大急ぎで見にやってきたのです。はいっていいかな？」そういうと、シーリーさんはゲートを通って、テントのなかにはいった。ビルとアルフはあとにつづいた。オブライエンさんをふくむほかの人たちもだ。ゲートは大きくひらかれ、なかまですっかり見通せる。シーリーさんはランタンを手にとり、まずはドラゴンの体の部分をじっくり見ると、頭のところでは足を止めて、顔を近づける。それから、かすかにうなずいた。

「さてと！」シーリーさんはみんなの方にふり返った。「これがほんとうに魅力的《みりょくてき》かつ重要な発見物であることは、まちがいなく断定できます」

「でも、インチキですよ！」オブライエンさんはドラゴンに近寄っていった。「この足の骨をご覧ください。これは本物のわけがありません」

「いやいや、まぎれもない本物の骨ですよ。しかも足の骨です」とシーリーさん。「ただ、その翼《つばさ》はあやしいですがね。口からでている炎《ほのお》も実におもしろいが、本物ではありません。まあ、それは布きれでしょうね。それに、背骨ももちろん作りものです。ただし、なかなかの技術で作られたものだとはいえましょう」

「それはおれたちが作ったんです」アルフがいった。「おっしゃる通りです」

「それにしても……！」オブライエンさんは怒《いか》りで顔をまっ赤にしていう。「こんなものは……」

シーリーさんは手を上げて、オブライエンさんのことばを制した。「もうけっこう」とてもきびしい口調だった。オブライエンさんの方が年上なのはまちがいないが、シーリーさんは威《い》厳《げん》ある紳士《しんし》だ。オブライエンさんは縮み上がった。

「とはいえ、この見世物はこれにて閉幕としていただきましょう」シーリーさんがいった。それをきいたオブライエンさんはすぐさま怒《いか》りの矛先《ほこさき》をおさめて、こびへつらいだした。

「そういうことでしたら、わたしがお手伝いいたします」オブライエンさんがいう。「わたしは力には自信がありましてね。がさつ者ではありますが。その石の頭は、わたしがお運びいたしましょう」

「ありがとうございます。ですが、それにはおよびません」シーリーさんはまるで、お客を追い払《はら》うメイドのように、自分の手でゲートをあけたままにしていった。「では、さようなら」

オブライエンさんがでていくと、シーリーさんはゲートをしめた。

それから、シーリーさんとビル、アルフとで、しばらくのあいだドラゴンのそばに無言でたたずんでいた。そのあと、シーリーさんはゲートの片方をすこしだけ押《お》しあけて外をのぞいた。「あの人はいなくなったよ」そういって微笑《ほほえ》む。「さてと、これでよし。さあ、ビル、さっそくきみのお友だちを紹介《しょうかい》してくれないかな。そして、この怪物《かいぶつ》のほんとうの物語をきかせてもらおうか」

ビルとアルフはかわるがわる話した。アルフのドラマチックな演出なしで。

「きみたちは、この顎《あご》がほんとうはなにのものなのか知ってるのかい?」シーリーさんはいった。

「シーリーさんが見せてくれた、メアリーっていう女の子が海辺で見つけたものと似てると思います」ビルはいった。「見たのは覚えてるんですが、名前は覚えていません。とても特別なものだというのはわかっています」

「メアリー・アニングさんのことだね。きみのいったことはほぼ正解だ。きみが博物館で見たのはプレシオサウルスだったんだけど、これはね……」シーリーさんはワニくんの歯をむいた笑顔《えがお》にふれていった。「とても保存状態のいいイクチオサウルスの頭だと見てまちがいないだろうね」

「それって、ドラゴンのしゃれた呼び方なんですか?」アルフがたずねた。

シーリーさんは微笑《ほほえ》んだ。「おもしろいことに、イクチオサウルスのことだけで一冊本を書いた地質学者は、その本のなかでジャイアント・シー・ドラゴンといっているんだ。しかし、イクチオサウルスは火を吐《は》くようなドラゴンじゃないよ。そういったドラゴンは、まあ、どれもこれもただの伝説だと思ってまちがいないね」

「だけど、オブライエンさんにはいってましたよね……」

「わたしは、足の骨は足の骨だといっただけだよ。でも、きみたちも知っての通り、ドラゴンの足の骨じゃない。あれは牛の骨かな?」ふたりはうなずいた。シーリーさんは笑い声をあげた。「まったく、うまいこと組み合わせたものだね。でも、ほんとうに興味深いのは、もちろんこの頭だけだ。わたしが知りたくてたまらないのは、この頭につながる胴体《どうたい》はあったのかっていうことなんだ」

ビルは顔をしかめた。「それはわからないんです。掘《ほ》りだした溝《みぞ》は埋《う》め立てられてしまったので」

「あのう、この頭を買ってもらえませんか？」アルフがいった。「いくらで買っていただけます？」

「アルフ！」ビルはそういったが、実はビルも知りたいと思っていたことだった。

シーリーさんはドアを押《お》しあけて、光がはいるようにした。それから、いかにもかわいくてしかたがないというように化石の頭にふれた。

「わたしはとてもおもしろいと思ってるんだ、アルフ。だが、わたし個人で買うだけの余裕《よゆう》はなくてね」シーリーさんがいう。「まずはセジウィック教授に話して、博物館で買う可能性があるかどうかきいてみないといけない。それがだめでも、かならず関心を持つ収集家がロンドンやオクスフォードにいるのを知ってるよ。いちばんいい値段をつけてくれる人を見つけるまでには、少々《しょうしょう》時間がかかるだろう」

「少々《しょうしょう》って、どれぐらいですか？」ビルがきいた。「ぼくたち、わけがあってお金が必要で……」

「その金額って、五シリングより高いんですか?」アルフが口をはさんだ。「市場の人はその値段で買うって。おまけにアヒルもつけてくれて」

「ハ! あの男ならやりかねないな」シーリーさんは手についた砂ぼこりをズボンでぬぐいながらいった。母さんならしかるところだ。「まあ、この頭がその値段よりはるかに高い価値があるのはまちがいないね。それに、もしのこりの部分を見つけだして、全体の骨格ということになれば、その価値はさらに高まるよ。ただし、今度は本物の骨じゃないとだめだよ」シーリーさんはそういって微笑《ほほえ》んだ。「ああ、まったくこれはすばらしい発見だよ。ケンブリッジにもどってきて、運がよかった。まにあったんだからね。それに、友人がきょうちょうど、たまたまグランチェスターにやってきてくれたのもね!」


父さんは約束通り、見世物小屋のあとかたづけを手伝いにきてくれた。そこで、ビルはシーリーさんに父さんを紹介《しょうかい》した。みんなでワニくんを古いカーテンでくるみ、安全に保管するためにシーリーさんの大学の部屋に運ぶ荷馬車を手配した。

アルフとビルはテントの床《ゆか》に散らばったお金を拾い集めた。お金をいれた缶《かん》をアルフの家に運んでテーブルに広げ、スミス家の子どもたちやリリーおばさんが見ている前で数えた。ウィドノールさんがいれてくれた半クラウン硬貨《こうか》、六ペンス硬貨《こうか》、そして、三ペンス硬貨《こうか》や一ペニー硬貨《こうか》、半ペニー硬貨《こうか》、ファージング硬貨《こうか》、つまり四分の一ペニー硬貨《こうか》もある。

「全部で五シリング三ペンスと半ペニーだ」ビルが声を張りあげていった。リリーおばさんはパチパチと手をたたいた。

「足りると思う？」おばさんがいう。「ちゃんとした仕事二、三日分の稼《かせ》ぎぐらいになるわよね。だとしたら、弁護士さんの一、二時間分の支払《しはら》いには十分でしょ？　わたしにはよくわからないけど。ふたりがどんな風にこのお金を稼《かせ》いだか知ったら、フレッドもきっと元気がでると思うわ。わたしはあした面会にいくから、ちゃんと伝えるね。あなたたちはほんとうにいい子ね。ふたりともよ」

フレッドおじさんとアルフの家族に希望を持ってもらえて、ビルはうれしかった。しかも、父さんが手伝ってくれたし、母さんだって、ある意味手伝ってくれた。ほかの人を助けることで、ビルの家族にも運がむいて、赤ちゃんがぶじに元気にうまれてくる助けになるんじゃないかと思った。

第25章

父さんはつぎの日、オードリーエンドに働きにもどらなければならなかった。

「あっちにはどれぐらいいるの？」ジャケットを着ている父さんにビルはたずねた。

「あと三週間ぐらいかかな。あっというまだよ。赤《あか》ん坊《ぼう》がうまれる前には帰ってくるから」

でも、フレッドおじさんの裁判の前じゃない。

「その仕事が終わったあと、お金はどうやって稼《かせ》ぐつもりなの？」母さんがたずねた。

「それは心配するな。この家の契約《けいやく》は更新《こうしん》できたんだし、きっとまた新しい仕事が見つかるさ」

「採掘《さいくつ》はあしたから再開するんだ」ビルはいった。でも、自分の稼《かせ》ぎだけでは家族三人が暮らしていくには十分でないことはわかっている。家族が四人になったらなおさらだ。

ビルは、駅にむかう父さんととちゅうまでいっしょに歩いた。

「なあ、ビリー、母さんのぐあいが悪くなったら、すぐにお医者をつれてきてほしいんだ。いいな？　お金のことは心配しなくていい。どんな宝石よりも母さんの方がだいじなんだからな。

もし、必要があれば、持ってるものをすべて売ったっていいんだ」父さんはそういって、オードリーエンドへ発《た》った。

母さんとふたりだけだと、家のなかはとても静かで、気のせいかすこし寒く感じる。つぎの日、ビルは仕事にもどれてありがたいと思った。

「おはよう、ドリー」ドリーに馬具をつける前に、息を吹《ふ》きかけて手をあたためながら、ビルはいった。リリーおばさんはきょう、ケンブリッジにいって、弁護士のことをきいてくる予定だ。バックルの奥《おく》さんによると、弁護士たちはクリスマス休暇《きゅうか》を終えてもどってきているはずだし、フレッドおじさんの裁判が今週末になるときまったからだ。「ねえ、ドリー、見世物で集めたお金で足りるといいんだけどな！　そうじゃなきゃ、シーリーさんがいい値段で、すぐにでも買いとってくれるといいんだけど」

冷たい空気のなか、ドリーの大きな頭から湯気が上がっている。お金で罪びとの身から自由になれるものなんだろうか？　ビルにはよくわからない。罪に問われている人にお金なんかなくったって、正しいことは正しいし、まちがっていることはまちがっているんじゃないんだろうか。

「ねえ、ドリー、おまえの方がぼくよりずっと大きいし強いのに、どうしてぼくの命令をきかなくちゃいけないんだって、不思議に思うことはないのかい？」ドリーを洗浄機《せんじょうき》の方にひきながらビルはいった。ドリーはビルに導かれるがまま、不満なんてなさそうに黙々《もくもく》と歩いている。もしかしたら、ドリーはとても賢《かしこ》いのかもしれないと思った。もしかしたら、このぼくもドリーのようにならなくちゃいけないのかもしれない。おとなや偉《えら》い人たちのいうことに不満などいだかず、年をとって死ぬまで毎日毎日黙々《もくもく》と働くんだ。「だけど、ぼくはもっともっと、この世界のことを知りたいんだよ」ビルはドリーにそう話しかけた。

ビルは狭《せま》い監房《かんぼう》にとじこめられたフレッドおじさんのことを思った。それから、頭上をとびまわるカラスを見上げる。あのカラスは自由だ。自由には危険がともなう。人に撃《う》たれたり、罠《わな》にかかったり、キツネに食べられたりするかもしれない。それでも、とつぜんビルは、もっともっと自由を味わいたいと、痛いほどに強く思った。海を見たいし、海辺の崖《がけ》の地層も見てみたい。もっといろいろなものを見れば、それだけ多く世界を理解できるだろう。でもいまは、がまん強いドリーといっしょに、おなじところをぐるぐるぐるぐるまわるだけだ。

「おい、ビル！」ガンダーさんが叫《さけ》んだ。「ドリーはジョージにまかせて、ゲートのところにきてくれ。いますぐに」

ビルはゲートで待っていたシーリーさんを見ておどろいた。ガンダーさんのほかにも何人か紳士《しんし》がいる。ちょうど、土をいっぱいに積んだ手押《てお》し車《ぐるま》を押《お》すオブライエンさんが通りかかり、ビルにむかってにやりとしてみせたので、ビルは落ち着かない気持ちになった。この紳士《しんし》たちは、コプロライトの採掘《さいくつ》会社からイクチオサウルスを盗《ぬす》んだ罪で、自分を逮捕《たいほ》しにきたのかもしれない。

「おいビル」帽子《ぼうし》をぬいだガンダーさんが、手で白髪頭《しらがあたま》の年長の紳士《しんし》をさしていった。「こちらはアダム・セジウィック教授だ。教授と学生さんたちが、おまえの発見した、なんとかいう化石の件でいらっしゃったんだ」

「あのイクチオサウルスだよ、ビル」シーリーさんがはげますようにうなずいた。「わたしはあの化石の頭をセジウィック教授にお見せしたんだ」

「その通り」セジウィック教授は、ビルにむかってやさしげに微笑《ほほえ》みながらいった。「あれはすばらしい標本だよ。採掘《さいくつ》会社の了解《りょうかい》を得られれば、なんとしてもあの生き物ののこりの部分を発掘《はっくつ》して、完全なものにしたいと願っているんだ。きみは、発見した場所を正確に教えることはできるかな?」

ビルはようやく安心して、ためていた息を吐《は》きだした。そして、教授に微笑《ほほえ》み返す。ビルもワニくんの胴体《どうたい》を見てみたかった。これはすごいぞ!

ビルは紳士《しんし》たちに、溝《みぞ》があった場所と、化石の頭を見つけた位置を正確にさし示した。シーリーさんたちと話しているあいだ、ガンダーさんがあの溝《みぞ》が乱されていたことについて質問したくてうずうずしているのが感じられたし、オブライエンさんが遠くからようすをうかがい、耳をそばだてているのにも気づいた。オブライエンさんのそんなようすは、とびかかろうと身構えているネコのようだと思った。もちろん、ビルはねらわれているネズミだ。

ほかの人たちが溝《みぞ》を調べているあいだ、シーリーさんがビルをはなれたところにひっぱっていってたずねた。「あの生き物の所有権については、いろいろ議論されてる。でも、ほかになにもでてこないとしても、あの頭の発見に対して、きみにそれなりのお金が支払《しはら》われるようにするつもりだよ。イクチオサウルスを見つけて、その重要性に気づいたきみの賢明《けんめい》さのおかげなんだから。それは、きちんと評価されて、それ相応の対価が支払《しはら》われるべきことなんだ」

「ありがとうございます。でも、ぼくだけじゃなくて、アルフもなんです。アルフとぼくのふたりです」

「うん、よくわかったよ」

それにしても、いったいどれぐらいのお金をもらえるのだろう？

仕事の帰りに、ビルはスミス家に寄った。弁護士の話がどうなったか、ききたかったからだ。

ドアをあけたのはアルフで、そのまま外にでてきた。こぶしはかたくにぎられ、目はまっ赤だ。アルフは早足でずんずん歩いていった。ビルはあわてて追いかけ、追いつくとアルフにあわせて早足で歩いた。

「ひどい話なんだ！」アルフはいった。「おふくろは、バックルの奥《おく》さんに勧《すす》められた弁護士のところにいって、事情を話したんだけど、そのノーブルっていう弁護士は、お金はそれで十分でも、勝ち目がないからひき受けるつもりはないっていったんだ」

「どうして？」

「親父に不利な点が多すぎるっていうんだ。みんながいってること全部がだ。ライリーさんがいってた、ほかのだれよりも先に親父が火事の現場にいたという証言やら、手にはランタンを持っていたことやなんかさ。それで、だれもかれも、親父はクビになったことで会社に対して腹を立てて、火をつけたにちがいないっていってるんだからな。見た通りってわけだよ！」

「だけど、どう見えたって、ちがうものはちがう！」ビルはいった。

「ああ、もちろんさ」アルフは涙《なみだ》をこらえて息が荒《あら》くなった。

かわいそうなフレッドおじさん。

「こうなったら、おふくろが期待できるのはひとつだけになった」アルフはいった。「そのノーブルっていう弁護士がいうには、しばり首じゃなく、終身刑《しゅうしんけい》にすることはできるだろうってことだ。それでも、移送はまぬがれないらしい」

「オーストラリアに？」ビルは、父さんがいない家がどれほどさびしかったか考えながらいった。

「そうなったら、もう二度と会えないだろうな」

母さんが待つ家にむかいながら、ビルの気持ちははげしくゆれ動いていた。フレッドおじさんに起こったことに対する怒《いか》り、イクチオサウルスののこりの部分が発見されるかもしれないことへの興奮、それに、母さんと赤ちゃんに対するじりじりするような不安がいり混じる。家のドアをあけると、母さんは椅子《いす》にすわっていた。毛布とショールにくるまれているけれど、暖炉《だんろ》の火は消えていた。母さんは歯の根があわないくらいふるえていた。

「母さん、凍《こご》えちゃうよ！」ビルは火をおこそうと、石炭のはいったバケツをつかんでいった。

「また、ぐあいが悪いの？　あたたかくしてなきゃ！」ビルは火をおこして、スープをあたためた。それから、アルフからきいたフレッドおじさんのことを話した。

「ああ、リリー、かわいそうなリリー」母さんはビルが用意した夕食を口にしようとしなかった。「食欲がないの」母さんはいう。

「食べなきゃだめだよ。あたたまるから」

母さんはスープをひと口すすっただけでスプーンをおろした。母さんはショールで体をしっかり包み、椅子《いす》をゆらしながら、ずっとすすり泣いている。ビルには、もうそれ以上なにをしたらいいのかわからなかった。それでも、ただそこにすわって、母さんが嘆《なげ》くのをきいていることもできない。そこで家の裏にでて、ドラゴンの見世物で使ったものを整理した。見世物で使ったものは全部黄色いカーテンで包んだままほったらかしになっていた。あれから三日がたって、カーテンは汚《よご》れはじめていた。母さんはいまでもまだ、元気になったらそのカーテンのいい部分をなにかに利用したいと考えているのはわかっている。いまはなにもできないけど、そのときには手伝ってあげよう。

薄暗《うすぐら》い月明かりの下で、ビルは黄色いカーテンのはしをつかみ、砕《くだ》けた粘土《ねんど》の背骨や骨、火事のあった小屋から持ってきたすすけたランタンなどを払《はら》い落とした。このなかに、なにかまだ使えるものはないだろうか？　そう思って、ビルはしゃがんでランタンを拾い上げた。角に大きなへこみがあるせいで、平らなところに置いてもまっすぐに立たない。このへこみを打ちだして、平らにもどすことはできないだろうか？　こんなに大きくへこんだところを見ると、だれかがよほど乱暴に投げたんだろう。そう思った瞬間《しゅんかん》、ビルは凍《こお》りついたように動きを止めた。そのランタンを見て、とつぜんある考えが頭に渦巻《うずま》いたからだ。それは、とてもしゃれた形のランタンで、作業員小屋にあるようなものではない。このへこみができたのは、だれかが小屋に投げこんだせいにちがいない。火をつけるつもりで思いっきり！　そして、これはフレッドおじさんのランタンじゃない！

ビルはふるえながら立ち上がり、暗い空を背景にシルエットがくっきりうかび上がるようにランタンを捧《ささ》げ持った。側面にはツタの模様が透《す》かし彫《ぼ》りになっている。まちがいない！　ビルは小屋に火をつけたのがだれなのか確信した。けれど、だれか自分のことばを信じてくれる人はいるだろうか？　きっといる！

ビルは走りだした。

第26章

「アルフ！　リリーおばさん！」ビルは叫《さけ》びながらアルフの家にとびこんだ。じめじめした薄暗《うすぐら》い家のなかは、子どもたちと洗濯物《せんたくもの》でごちゃごちゃしていた。そして、そこにはもうひとり……。

「あっ！」

小柄《こがら》なリリーおばさんの前に立っているのは、大きくふくらんだスカートでかなりのスペースを占《し》めている女の人だった。そのスカートの分だけ、スミス家の子どもたちは壁際《かべぎわ》や階段に追いやられ、それでも足りずに、小さい子は大きい子のひざの上に乗ったりしていた。みんな奇妙《きみょう》なぐらい静かで、そのスカートを大きくふくらませた女の人に注目している。バックル牧師の奥《おく》さんだった。

「あら、ビルじゃない」リリーおばさんは、自分のくたびれたスカートのしわをのばしながらいった。「バックルの奥《おく》さんが、りっぱなフルーツケーキを持ってきてくださったの。弁護士さんのこととフレッドのことを気にかけてくださってね。ほんとうにご親切よね」

ちがう！　ビルはそう大声で叫《さけ》びたかった。でも、そうはしないで、バックルさんの正面に歩み寄り、息を深く吸ってからランタンを持ち上げた。

「これはバックルさんのランタンですよね？」ビルはいって、さびてへこんだランタンを目の前につきだす。バックルさんは、喉《のど》からしめつけられたようなおかしな音をだしながらあとずさりして、スミス家のこどもたちにぶつかった。赤ん坊《あかんぼう》のモップスが泣きはじめる。

「ビルったら！」リリーおばさんが怒鳴《どな》る。「その汚《きたな》いもの、外にだして！」

「でも、これはバックルさんのものなんです。そうですよね？」ビルはまばたきせずに、じっとバックルさんを見つめながらいう。バックルさんはまともにビルの顔を見ることができない。

「バックルさんは、うっかりこれをある場所に置き忘れて……」

「ビリー・エルウッド、いったい、なんの話をしてるのか知らないけど」リリーおばさんがビルに歩み寄りながらいった。「とにかく、でていってちょうだい、いますぐに！」リリーおばさんは、おどろくような強い力でビルのジャケットの襟首《えりくび》をつかみ、ドアからビルを押《お》しだした。アルフは母親を押《お》しのけて外にでて、ビルのあとを追う。

「それは、ドラゴンの見世物に使ったランタンだよな？」アルフがいう。「火事のあと、作業員小屋にのこされてたものだよな？」今度はアルフが母親とおなじようにビルの背中をつかんで、自分の方にむきなおらせた。

「あの人なのか？」アルフがたずねる。「バックルの奥《おく》さんなのか？　なんでそんな？　あの人が小屋に火をつけた？　どうしてあの人が？　だれにも信じてもらえないぞ」

ビルがそれらの質問に答える前に、バックルさんがアルフの家からでてきて、そそくさと牧師館へと歩きはじめた。ショールをしっかり胸の前でおさえ、ボンネットをかぶった頭を低く下げている。

ビルはバックルさんの前に立ちふさがった。「バックルさん」

「どきなさい、この根性《こんじょう》のくさった薄汚《うすぎたな》い……」

「このランタンは」ビルがもう一度、目の前につきだす。「あなたのものですよね？」

「いいえ、ちがいます！　だんじて」そういいながらも、ランタンを見ようとはしない。バックルさんはランタンを押《お》しのけると、急ぎ足で歩きはじめる。でも、ビルとアルフは両脇《りょうわき》からはさむようにぴったりついて歩いた。

「このランタンは、あの小屋の焼け跡《あと》にあったものです」ビルがいう。「あの火事は、このランタンの火が燃え移ったものですよね？　あなたが投げつけたこのランタンから！」

「そうだよ！」アルフがとつぜん気づいていった。「このランタンは、あのりっぱでおしゃれな牧師館の玄関脇《げんかんわき》にあったものじゃないか！」いまやアルフは、バックルさんにかみつかんばかりに怒鳴《どな》っている。「あんたは、おれの親父に罪をなすりつけて、しばり首にしようとしてるんだぞ！　火をつけたのはあんたなのに！」

「ちがう！　そんなことはしてないわ！」バックルさんはしゃくり上げていた。そして、立ち止まると手で顔をおおって話しはじめた。「わたしは、あなたのお母さんにちゃんとした弁護士を紹介《しょうかい》したんだから。わたしは……」バックルさんはそこで自分が罪を認めたことに気づいて首を横にふった。「ほっといてちょうだい！　あそこにあった化石は、どれもこれも悪魔《あくま》のしわざなんだから！」

ビルとアルフは、突《つ》っ立たまま、足早に去っていくバックルさんを見送った。

「これで証拠《しょうこ》はかたまった」アルフがいった。

「うん。あしたの裁判にでかけていって、そこで話そう。このランタンがあの牧師館のものだってことは、だれだって知ってるんだから。イーナだって！　それに、火事のあと、このランタンがあそこにあったのを見たのは、ぼくたちだけじゃないから」

「だけど、おれたち、裁判所にいれてもらえるのかな？　もし、はいれたとしても、おれたちのことばをきいてくれるんだろうか？　バックルの奥《おく》さんはおとなだし、あの弁護士はバックルさんの友だちなんだぞ。ちくしょう、これだけわかってても、あの人は罪をかぶらずにうまくにげきるにちがいないんだ！」

「真実は嘘《うそ》より強いはずだろ？」ビルはいった。

「そのランタンをくれ。親父が自由になるまで、ぜったい手元からはなさないからな」

第27章

つぎの日の夜も明けきらぬ前、階下からきこえる玄関《げんかん》のドアをはげしくたたく音で、ビルはとび起きた。外はまだ暗いのに、ビルはあたたかいベッドを抜《ぬ》けだし、梯子《はしご》をおり、母さんが眠《ねむ》っている部屋を通って、一階までおり、ドアをあけた。

「アルフじゃないか！」ビルはいった。「雪か！」暗がりのなかのあちらこちらが不思議な白い光を放っている。雪はふりつづいていた。それから、アルフの顔にうかんだ奇妙《きみょう》な表情に気づく。「どうしたの？」ビルはそういって、アルフを家のなかにひっぱりこんで、ドアをしめた。

「親父のことだよ！」アルフは手をふりまわしながら、叫《さけ》ぶようにいった。

ビルの胃がぎゅっと縮んだ。フレッドおじさんになにが起こったというのだろう？　あの監《かん》房《ぼう》にいた連中にいためつけられた？　まさか、裁判もひらかれていないのに、しばり首にされてしまった、なんてことはないだろう。でも……いったい？

アルフは微笑《ほほえ》んでいた。

「親父が帰ってきたんだよ！」

「帰ってきた？　まさか脱走《だっそう》？　どうやってあそこからにげられたんだろう？」

「ちがうよ、バカだな。釈放《しゃくほう》されたんだよ！」アルフが笑った。「うまくいったってことさ。わからないか？　おまえがあばいた、バックルの奥《おく》さんのへまのおかげだよ。あの人、あのあとだれかに話したんだろうな。それで、訴訟《そしょう》をとりさげたんだよ」

「ほんとに？　夜の夜中に？」

「ああそうだ！」アルフがうなずく。「親父は刑務所《けいむしょ》で、ただ訴訟《そしょう》がとりさげられたとだけいわれて、夜中に放りだされたんだそうだ。ここでのことはきれいさっぱり忘れて、元の生活にもどれ、だとさ。つまり、これ以上なにもきくなってことだと親父は理解した。どっちにしろ、親父は刑務所《けいむしょ》から家まで、コートもなし、明かりもなしの暗い雪道を歩いて帰ってきたんだ。とちゅうでどぶにはまって、泥《どろ》だらけさ！　おふくろは家じゅうの食べ物をかき集めて食べさせてた。それに、あるだけの毛布でくるんであっためた。まあ、そういうわけで、親父は自由になったんだ！　それだけ、おまえに伝えたくてな」

ビルは火かき棒とやかんを暖炉《だんろ》に持っていって、熾火《おきび》をかき起こした。

「それってつまり、しばり首か、オーストラリア送りになるのはバックルの奥《おく》さんってこと？」ビルは、どう考えたらいいのかわからないままたずねた。裁判に呼びだされて、あのランタンを掲《かか》げて、バックルさんを責め立てなきゃいけないんだろうか？

「おいおい、なにバカなこといってんだ。あの人はお偉《えら》いさんの奥《おく》さんだぞ。あの人がそんな目にあうわけないだろ。親父が釈放《しゃくほう》されたいまとなっては、おれたちも口をつぐむってことさ。親父自身、自分がなんで急に釈放《しゃくほう》されたのか、知らないんだからな。でも、バックルの奥《おく》さんが動いたのはまちがいない。あの人は牧師さんに自分がやったことを伝えたのかな？そう、懺悔《ざんげ》だよ。そして、牧師さんがライリーさんに口をきいて、お金をいくらかわたして、訴訟《そしょう》をとりさげさせたんじゃないかな？」アルフは暖炉《だんろ》の火に手をのばして手をあたためた。

「おまえは、どうしてあの人が小屋に火をつけたと思う？」

ビルはテーブルの足に背中をもたせかけていった。「あの人は化石のせいで、聖書の内容がまちがってるってことになるんじゃないかと思ったんだろうな。自分のだんなさんが教会で話していることを、うたがう人がでるかと思うと、耐《た》えられなかったんだろうと思う。『悪魔《あくま》のしわざ』っていってただろ？」ビルはそこでくすりと笑った。「それなのに、火をつけても燃え尽《つ》きたりしなかったんだからな、化石は！」

「それだけじゃないぞ、ランタンもだ」アルフがいう。「あのランタンが燃え尽《つ》きなかったのは、いったいだれのしわざってことになるんだろうな。おれはあのランタンを一生手ばなさないぞ。おれの『幸運のランタン』なんだから。ただ、おまえがほしいっていうんなら話は別だ。ほんとうはおまえが持ってるべきものだからな」

ビルは首を横にふった。「いいよ、アルフが持ってなよ」

こうしてビルも、ワニくんの胴体《どうたい》を掘《ほ》り起こすシーリーさんたちの作業に参加できることになった。裁判にじゃまされることなく。ビルは安心して大きなあくびをした。結局、すべてがうまくおさまった。

その朝、ビルは雪のなか、採掘場《さいくつじょう》へむかう前に、一杯《いっぱい》の熱いお茶と肉汁《にくじゅう》つきのパンをひと切れ、二階の母さんに持っていった。

「フレッドおじさんが釈放《しゃくほう》されたんだ」ベッドのなかで起き上がろうとする母さんに告げる。「もう、裁判にかけられることはなくなったんだって。おじさんは自由の身なんだ」

「どうしましょう、ビリー!」母さんは自分の喉《のど》をつかんでいった。「それってつまり、代わりにおまえをつかまえにくるってことなんじゃないの? やっぱり、おまえなの、火をつけたのは? わたしはずっと心配で……」

ビルはあやうく紅茶のはいったカップを母さんに投げつけるところだった。

「ちがう！」ビルは叫《さけ》んだ。「そんなことするわけないじゃないか！　どうして、そんなことを？」

そういってから、急に母さんが弱々《よわよわ》しく見えることに気づいた。やせて小さいのに、おなかだけ大きい。いくら腹が立っても、母さんに怒《いか》りをぶつけたりしちゃいけないのはわかっている。それに、放火の真犯人がだれなのか教えたりしたら、もっと動揺《どうよう》するのもわかっている。きっと、信じようとはしないだろう。そこで、ビルはひと呼吸していった。

「きょうは、イクチオサウルスの胴体《どうたい》を掘《ほ》りにいってくるから。あたたかくしててよ。ずっとベッドにいた方がいいかも。外は雪で寒いから。お昼にはもどって、火に石炭をくべて、きのうボグルさんが持ってきてくれたスープをあたためるから」

母さんはお皿とカップに手をのばし、うなずいたので、ビルはほっとした。

イクチオサウルスの発掘《はっくつ》には数日かかった。雪も寒さもものともせず、紳士《しんし》たちは掘《ほ》りつづけた。年老いたセジウィック教授も馬に乗ってきたが、進みぐあいを見るだけで、実際に発掘《はっくつ》作業をしたのはシーリーさんと学生がふたり、そして、採掘《さいくつ》会社から雇《やと》った男たちふたりだった。学生たちは、服も靴《くつ》も粗末《そまつ》なものだったので、最初に会ったときとは別人のように見えた。まずはイクチオサウルスの胴体《どうたい》があるはずの場所の上の土をすべてとりのぞいて、溝《みぞ》を広く掘《ほ》った。そのおかげで、土がくずれ落ちてくる危険は大きくへった。寒さも地面の安定に役立った。それに、ガンダーさんが指示をして、溝《みぞ》の壁《かべ》をおさえる木枠《きわく》を設置させた。コプロライトを掘《ほ》るときには、そんな手間は決してかけない。

ビルはいつも通りドリーといっしょに洗浄機《せんじょうき》で働くことになっていたが、発掘《はっくつ》作業が気になって、何度も見にくるものだから、そのうちガンダーさんもあきらめて、ドリーのところにもどれとはいわなくなった。

「おまえの友だちのアルフは、発掘《はっくつ》のあいだだけドリーのめんどうを見る気はないかな？」ガンダーさんはいった。

アルフはよろこんでひき受けた。学校がまだはじまっていないので、働く時間はたっぷりある。だれもがおどろいたことに、フレッドおじさんも採掘場《さいくつじょう》の仕事にもどってきた。バックル牧師が、フレッド・スミスは今後めんどうを起こしたりしないとうけあい、ガンダーさんを説得したらしい。

「きっとおふくろだって、そんなこと保証しないだろうにな」アルフはいった。「バックルさんたちはよっぽどおびえてるんだろう。親父にはやさしくしなきゃってな。良心の呵責《かしゃく》ってやつなんじゃないか?」

母さんは、ボグルさんから「かわいそうなバックルの奥《おく》さん」は病気で、しばらく村をはなれて妹のところですごすんだときいていた。母さんがそういったとき、ビルはなにもいわなかった。一度話しはじめたらなにもかもぶちまけてしまいそうで、かたく口をとじていることにしたからだ。

大学の人たちにとって、ビルはとても役に立った。化石を見つけた場所を示すことができるだけではなく、ちょっとした雑用をなんでもこなしたからだ。パブにいって熱い飲み物を買ってくるようにたのまれると、瓶《びん》にいれて、冷めないように布でくるんで持ってきた。道具を持ってくるのも、発見した小さな化石を安全な場所に保管するのもビルの仕事だ。シーリーさんは補強された溝《みぞ》の底におりてくるように何度も誘《さそ》ってくれて、むきだしになって横たわるイクチオサウルスの胴体《どうたい》を見せてくれた。シーリーさんがいうには、おそらく何百万年も土の下に埋《う》もれていた化石だ。

すこしずつ、ワニくんの骨格の全体像が明らかになってきた。それはビルの背丈《せたけ》よりも長く、イルカのような形をしていた。そのイクチオサウルスは長い長い時間をかけてゆっくりと、ちがった時間の世界から、ビルがよく知る世界へとうまれでてきたような気がした。もし、ワニくんが口をきくことができたなら、ワニくんの生きていた世界と、いまのこの世界がどれほどちがっているのかを語ってくれるだろうに！

「あれが見えるかい？」発掘《はっくつ》がはじまって数日後、シーリーさんがいった。「あれはイクチオサウルスのひれだよ」それは小さな骨のかたまりで、ボートのオールのような形をしていた。「まるでローマ時代のモザイク画みたいじゃないか。あれはもちろん、イクチオサウルスの手なんだ」

「でも、手には見えません」ビルはいった。

「指がないからね。しかし、骨の構造そのものは指とおなじなんだ。わたしたちの手のような形ではなく、オールのような形を支えているんだがね」

ビルは自分の手の指を広げてまじまじと見た。シーリーさんはズボンについた土を払《はら》い落とした。「鳥の翼《つばさ》、クマの前足、人間の手、そして、イクチオサウルスのひれ。どれもこれも、骨の構造はおなじなんだ。骨の数もおなじだ。それこそがすべての創造主である神のなせるわざだという人もいる。ハクスリーという人やなんかは、骨の構造の類似性は、すべての生物がひとつの原型から発展したことを示しているといっている。それぞれが、環境《かんきょう》に応じて進化したというんだな」

「ということは、何千世代も前のぼくのご先祖様は、このイクチオサウルスみたいだったかもしれないっていうことですか？」

「さあ、それはわたしにはわからない」シーリーさんはにっこり笑った。「もちろん恐竜《きょうりゅう》も海の生物たちも、卵からうまれた。一方、わたしたちのような哺乳類《ほにゅうるい》は母親からうまれてくるからね。それを考えれば、この魚竜《ぎょりゅう》や恐竜《きょうりゅう》は、わたしたち人間よりは鳥に近いといえるのかもしれないね」

「だけど、イクチオサウルスがこのあたりで生きていた時代から、どうして動物はこんなに形を変えたんですか？」

「おそらくは、気候の変化にしたがって、ほんのわずかずつ変わっていったんだろうな。あるいは食べ物の変化や、それ以外にも想像もつかないような変化があったのかもしれないしね。自分が置かれた環境《かんきょう》にうまく適応した生物たちは、なんとか生きぬいた。うまく適応したものだけが生きのこって子孫をのこし、適応できなかったものは死に絶えてしまったんだから」

「ですが、変化は、もっとずっと速く起こることだってあります」ビルはいった。「父さんが教えてくれました。甲虫《こうちゅう》は地下の卵からうまれでてくるんですけど、甲虫《こうちゅう》になる前にはイモムシなんです。そして、ほんの数日で甲虫《こうちゅう》に変わってしまう。毛虫はチョウになります。つまり、とべない生き物が、空をとびまわる生き物に変わるんです。たったのひと世代のあいだに！」

「たしかにそうだね」シーリーさんは足をあたためようと地面を踏《ふ》みならし、泥《どろ》を蹴《け》とばした。

「でも、いまきみがあげたものより、もっと劇的なものもあるんだよ。それはね、人間の胎児《たいじ》さ。そこのパイをこっちにくれるかい？　きみもひとつとって」そのパイはあのときのパン屋のもので、焼きたてでおいしかった。

「ありがとうございます。それで、タイジっていうのはなんなんですか？」

「母親のおなかのなかで育っている赤ちゃんのことさ。わたしは、液体に保存された標本を見たことがあるんだけどね、魚にそっくりだったよ」

「魚ですか！　どんな風に？」

「人間の赤《あか》ん坊《ぼう》というのは、きみもわたしもそうだったんだが、はじめはしっぽが生えているんだ。鰓《えら》みたいな管があって、腕《うで》も足もない。子宮のなかで胎児《たいじ》の頭が育つにつれて、魚みたいに頭の両サイドにあった目の穴がだんだん正面に寄ってきて、人間らしい顔になってくるんだね。うまくいかないと、いろいろな不ぐあいがでてしまう」

ビルは母さんのおなかのなかの赤《あか》ん坊《ぼう》のことを思って、だまりこんでしまった。なにか不ぐあいが生じたりしないだろうか？　父さんの足みたいに。

午後のあいだじゅうずっと、ビルは生命と時間について思いをめぐらしていた。なんだか、視界がはっきりして、どんどん過去まで見通せる気がする。それでも、未来はさっぱり見えてこない。ビルにわかるのは、今夜の食事がパンのプディングだということぐらいだ。ぼくが作るんだから。でも、それ以上、いったいなにがわかるというのだろう？　季節は確実にめぐる。でも、自分は？　巨大《きょだい》な時間と空間のなかで、ビルは自分が急にちっぽけな存在に思えてきた。ふたりの親がいてぼくは生まれた。祖父母は四人で、曾《そう》祖父母は八人、その前は十六人で、さらに永遠にさかのぼっていくご先祖たち！

いつか自分も親になるんだと考えると、なんだか変な気がした。もしかしたら、遠い未来には、子孫が何百人にもなるのかもしれない！　母さんのおなかのなかの赤ちゃんは、ビルと祖先をおなじくする世界にたったひとりの人間だ。その子はぼくに似ているんだろうか？

学生のひとりがなにかを見つけたのは、日が暮れかかったころだった。

「シーリー先生、ちょっときてください！」学生は溝《みぞ》の底から大声で呼んだ。「どうやら、二体目のイクチオサウルスがいるみたいなんです」

シーリーさんとビルは溝《みぞ》に走った。そして、底にかけおりる。シーリーさんは慎重《しんちょう》に土をとりのぞいて、よく見えるようにした。

「おっと、これはおどろいた！」シーリーさんがいう。「きみが見つけたイクチオサウルスより、小さいのがいるぞ、ビル。ずっと小さい。頭はわたしの人差し指の長さぐらいしかないからね」

「だけど、ぼくが見つけたイクチオサウルスの骨が、この小さいのにかぶさってますよ」ビルはそういいながら、目の前の形をよく観察した。「いや、ワニくんのなかにいるんだ！」

「こいつは実におもしろい」シーリーさんがいう。「日も暮れるから、きょうはこのままにして、あした、ちゃんと掘《ほ》りだすことにしよう。とりあえず、麻布《あさぬの》でおおっておいてくれるかな、ビル。いいね？」

でも、ビルはきいていなかった。小さなイクチオサウルスは大きな方のなかにいた。ワニくんに食べられたんだ！　共食いじゃないか！　あの、笑い顔はなんだったんだ。ビルは吐《は》き気をもよおした。バックルの奥《おく》さんとおなじように、ぼくのイクチオサウルスはいい子ぶっていたということだ。ついに本性《ほんしょう》をあらわしたな！

「ぼく、家に帰ります」ビルはいった。

「ビリー！」フレッドおじさんがかけ寄りながら声をかけた。「だいじょうぶか？　なんだか顔色が……」

ビルは顔をそむけた。でも、フレッドおじさんは追ってくる。「おまえにお礼がいいたかったんだ、ビリー。アルフからきいたよ、おまえさんが……」

「いいんです」ビルはそういって、足早に立ち去った。ものごとはうまくいかないもんだと思いながら。ぼくだって、バックルの奥《おく》さんやイクチオサウルスとおなじじゃないか。フレッドおじさんはぼくをいいやつだと思っているけれど、バックルの奥《おく》さんが小屋に火をつけたのはぼくのせいなんだから。ぼくの化石があの人を怒《おこ》らせたんだから。フレッドおじさんがしばり首寸前までいったのは、ぼくのせいということだ。父さんが仕事をクビになったのとおなじように。

ビルは走ってにげだしたかった。でも、母さんからにげられないのはわかっている。

家のなかは寒くて暗かった。火は消えかけている。母さんは二階にいるんだろうと思って、ビルは石炭をくべ、ふいごで火をあおりたてた。そのとき、なにか動物がだすような奇妙《きみょう》な音をきいて、恐怖《きょうふ》で口のなかがからからになった。

「母さん？」ビルは階段をかけ上がった。「これは……ああ、神様！」

窓からはいる黄昏《たそがれ》どきのかすかな明かりのなか、母さんは床《ゆか》に手をついてすわりこんでいた。一瞬《いっしゅん》、母さんはなにか落としたものをさがしているのかと思った。つぎの瞬間《しゅんかん》、母さんの体が痛みで石のように硬直《こうちょく》した。そして、灰色の顔をビルにむけて、口をひらいて動かす。なのに、声はでてこない。

「赤ちゃんだね」ビルはささやいた。

第28章

ビルは前に、ライトさんの農場で子犬がうまれてくるところを見たことがあった。だから、出産がどのようなものなのかはわかっている。母さんもおなじなんだろうか？

「母さん、赤ちゃんがうまれてくるっていうだけのことだから。これがはじめてじゃないんだし」ビルはまるでドリーをなでるときのように母さんの背中をさすった。

母さんはどこか体の奥《おく》の方から奇妙《きみょう》なうめき声をだしている。それから、息を切らせながらいった。「ボグルさんを。ビリー、できるだけ早く！」

ビルはまた走りだした。階段をかけおり、家をとびだし、ボグルさんが住むぼろ家のある通りめがけて一目散に。お願い、助けて、ボグルさん！　ビルは心のなかで叫《さけ》んでいた。母さんに必要なことをしてあげてください！　ぼくは出産のことはわからないんです！

「ボグルさん！」ビルは大声をあげた。「うまれそうなんです！」ビルはドアをドンドンたたく。「ボグルさん！」

ようやくドアがあいた。まとめた髪《かみ》がかたむいていて、視線が定まっていない。だめだ！　これじゃ、たよりにならない。ビルは思った。

「母さんを助けてください。靴《くつ》をはいて、いそいで！」ボグルさんの動きがのろく感じられてしかたない。ボグルさんは、人をバカにしたように微笑《ほほえ》んでいた。それから、声をあげて笑いだした。ビルはテーブルの上にあった瓶《びん》を指さしていった。「飲んでたんですか？　あのジンを。ねえ、ボグルさん？」

「ほんのひとしずくだよ。手首の痛みをやわらげるためにね」髪《かみ》をまっすぐにしようとするが、すぐにまたぐらぐらしてしまう。「ジンをすこしばかり飲んだからって、なんにも悪いことなんか……」

「さあ、足をここにいれて」ビルはドアのそばにあった靴《くつ》を拾い上げた。足をいれやすいように、片方の靴《くつ》を広げて捧《ささ》げ持つ。まるで、小さな子どもにするみたいに。「いそいでくださいってば！　すごく痛がってるんです！」

「はい、はい」そういってしかめっ面《つら》になる。

「お願いです、いそいで！」ビルはそういいながら、ボグルさんの靴《くつ》ひもを必死で結ぶ。ビルが両方の靴《くつ》ひもを結んでいるあいだ、ボグルさんはくすくす笑いながら、ビルの髪《かみ》をくしゃくしゃとした。

「まったく、大さわぎだね！　ビリーや、心配しなさんなって。最初の子は時間がかかるもんなんだよ」

ビルはショールをつかんでボグルさんの肩《かた》にかけてやったり、玄関《げんかん》から押《お》しだしてドアをしめたりするのが精一杯《せいいっぱい》で、ろくにきいていなかった。

雪道をころげるように走るのは、ボグルさんには少々《しょうしょう》つらかったようだ。夜の寒さで凍《こお》りはじめた雪道でころばないようにと、ビルにしがみついてくる。ビルはボグルさんをひきずるようにしていそがせた。

「さてと」家のなかに踏《ふ》みこんで、雪を払《はら》い落としたボグルさんがいった。「二階だね？　やかんでお湯をわかしておくれ。清潔な布もさがすんだ。シーツでもなんでもいいから」ボグルさんはハアハアいいながら階段を上がっていった。ビルがやかんを火にかけようと背をむけたところで、ボグルさんの叫《さけ》び声がした。「ビル！　いそいで手をかしておくれ！」

ビルはかけ上がった。ボグルさんは母さんを立たせて、ベッドに寝《ね》かせようとしている。ビルは反対側から支えて母さんを立たせ、ベッドに寝《ね》かせた。母さんの目にはいった髪《かみ》を払《はら》ってあげる。

「だいじょうぶだよ、母さん」

「もうすぐうまれるみたいだね」ボグルさんがいう。「思ったよりも早かったよ」

「リリーおばさんを呼んでくる？　それとも、お医者さん？」父さんにいわれたことを思い出していった。

ボグルさんが荒《あら》い息をつく。「いいや、そんな時間はないね。切れ味のいいナイフを持ってきておくれ。なるべく早くだよ」

「ナイフ？」

「赤《あか》ん坊《ぼう》がでてきたら、へその緒《お》を切るんだよ！」

ビルはポケットに手をつっこんで、父さんからもらったナイフをとりだした。

「ああ、それでいい。つぎはお湯を洗面器にいれて持ってくるんだ」ボグルさんがいった。

「ほら、いそいで！」

母さんは痛みでうめいている。ビルは下におりて、煮《に》えたぎるやかんのお湯を、母さんいちばんのお気にいりの瀬戸物《せともの》の洗面器にそそぐと、こぼさないように二階に運び、ボグルさんの足元に置いた。

「それでいいよ、ビル」ボグルさんの声におびえが混じっている気がした。「つぎは布に包んで雪を持ってくるんだ」

「雪を？」

「ああ、雪だよ。さあ、早く！」

ボグルさんは頭がおかしくなってしまったんだろうか？　父さんがいてくれたらよかったのに！

夜に外にでられて、ビルはなんだかほっとひと息ついた。寒さで歯がカチカチと鳴る。干してあった清潔な布巾《ふきん》をとってきていたので、雪をすくっていれた。雪はやわらかく、かんたんにかためられた。手がかじかむ。スミス家の子どものひとりが、手にバスケットをさげて走っているのが見えた。

「ねえ、ビッキー！」ビルは叫《さけ》んだ。「お母さんに伝えてほしいんだ。赤《あか》ん坊《ぼう》がうまれそうだって。できるだけ早く、手伝いにきてっていって」それだけいうと、ドアをしめて雪と暗闇《くらやみ》を追いだし、いそいでまた階段を上がる。母さんのうめき声、叫《さけ》び声がきこえてきて、ビルはふるえ上がった。

「でてきたよ」ボグルさんは、シーツの上に静かに横たわるものを指さしていった。「もう死んでる。それに、おまえの母さんの出血がひどいんだ。それをわたしておくれ。なんとかサリーを助けないと」ボグルさんは布巾《ふきん》で包んだ雪を母さんのおなかの低い位置に押《お》しあてた。

ビルはとつぜん、シーツの上のものがなんなのか気づいた。

「これが赤《あか》ん坊《ぼう》なの？」

「そうだよ。どこかに持っていっておくれ。母さんが見たら動転するから」

それでビルは、小さくて動かない青紫色《あおむらさきいろ》の赤《あか》ん坊《ぼう》を、ベッドのそばの棚《たな》にあった父さんの古いシャツで手早く包んだ。ビルはその子がまだ生きているかのように、顔が見えるように包んだ。そうするのが正しいことだと思ったからだ。それから、いそいで母さんから遠ざけて、階下におりた。

死んだ赤《あか》ん坊《ぼう》はどこに置いたらいいんだろう？　ビルは暖炉《だんろ》の前にしゃがんで、自分の体をあたためながら、赤《あか》ん坊《ぼう》をゆらした。なにが起こったのか、そしていまなにが起こっているのか、自分自身に納得《なっとく》させるようにゆらした。ビルは小さな赤《あか》ん坊《ぼう》の形のいい鼻と口を見つめた。それから、とじられた目も。

ビルは農場の子犬たちがうまれてきたときのことを思い出していた。子犬たちは死んでいるように見えたけれど、母犬のメギーはなめてきれいにしてやり、鼻でつつきつづけていた。やがて子犬たちは息をし、命を宿したのだった。それでビルも赤《あか》ん坊《ぼう》の顔にあたたかい息を吹《ふ》きかけた。父さんのシャツの袖《そで》で顔をぬぐってきれいにしてやった。鼻の穴や目につまった白いものをきれいにとりのぞく。それから、腕《うで》のなかの赤《あか》ん坊《ぼう》を火のそばでゆらしながら、肌《はだ》をさすってやった。そうすることで、自分自身をなぐさめ、死んだ赤《あか》ん坊《ぼう》をなぐさめていた。

二階の母さんやボグルさんの声をききたくないので、ハミングをする。なんとおそろしい失敗をしでかしてしまったんだろう。母さんのめんどうをみるようにと、父さんからあれほどいわれていたのに。それなのに、赤《あか》ん坊《ぼう》は死んでしまい、母さんも死ぬかもしれない。

そのとき、赤《あか》ん坊《ぼう》が動いた。

第29章

赤《あか》ん坊《ぼう》は顔をくしゃくしゃにして口をあけた。そして、小さな声で泣いた。子羊がメーと鳴くような声だった。

「こんにちは」ビルはささやいた。心臓が高鳴る。「こんにちは、おチビさん！」ビルは暖炉《だんろ》の前の椅子《いす》に腰《こし》をおろすと、赤《あか》ん坊《ぼう》をひざの上に置いた。ひざでゆらしながら、その青みがかったくしゃくしゃの顔にむかって話しかける。肌《はだ》をさすり、小さな腕《うで》をやさしくもんでやる。

ビルは以前、のぼったばかりの太陽の光が、デイジーに届いた瞬間《しゅんかん》を見ていたことがある。つぼみがひらき、黄色い中心のまわりに白い花びらが縁飾《ふちかざ》りのように外側に反り返った。その動きはゆっくりだが、じっと見ているとちゃんとわかった。そしていま、ビルは赤《あか》ん坊《ぼう》が花ひらくところを見ていた。色は青からピンクに変わった。口が動き、手足もぴくぴくと動きだす。

「がんばれ」ビルがはげます。「おまえは生きなくちゃいけないんだ。おまえを必要としている父さんがいて、おまえを必要としている母さんが……」そこでビルは泣きくずれてしまった。

熱い涙《なみだ》が頬《ほほ》を伝う。ビルは赤《あか》ん坊《ぼう》を肩《かた》にもたせかけるようにして抱《だ》くと、ゆすりながら軽くたたいたり、さすったりした。やがて赤《あか》ん坊《ぼう》は高く鋭《するど》い声で泣きはじめた。世界へのあいさつにふさわしい声だった。

「ビル？」二階からボグルさんの声がする。「赤《あか》ん坊《ぼう》を生き返らせたのかい？　まさか……！」

そこでビルは、精一杯《せいいっぱい》気をつけて、そっと赤《あか》ん坊《ぼう》を二階まで運んだ。

「母さん、赤ちゃんだよ！」ビルは枕《まくら》の上の灰色の顔にむかっていった。そして、赤《あか》ん坊《ぼう》に母さんを見せるようにして抱《だ》きかかえた。もちろん、母さんに赤《あか》ん坊《ぼう》が見えるようにも。

「おやまあ、ありえないよ！」ボグルさんがいう。「ありえないといったけど、そういえば、二、三年前にうまれたネル・グッドソンの赤《あか》ん坊《ぼう》がいたね。それに、ほかにも……」

玄関《げんかん》のドアが勢いよくあく音がした。

「サリー？　ビリー？　わたしよ、リリーよ。上がってもいい？」

「リリーおばさんだ」ビルはいった。母さんは家にはいってくるのをいやがるだろうか？　こんな状況《じょうきょう》でも？　けれども、母さんは死んでしまうかもしれない。それに、リリーおばさんは親切だし、赤《あか》ん坊《ぼう》のことはよく知っている。「上がって」ビルがいった。

リリーおばさんとボグルさんは、いっしょに母さんの看病にあたった。ビルは赤《あか》ん坊《ぼう》を屋根裏の自分の部屋につれていき、ロウソクに火をつけた。ビルはベッドに腰《こし》をおろして、手のなかのたしかな重みのある新しい命を、感動とともにいつまでもいつまでも見つめていた。いまや赤《あか》ん坊《ぼう》はただの赤《あか》ん坊《ぼう》ではなく、小さな、ひとりの特別な人間だった。ビルは赤《あか》ん坊《ぼう》を包むシャツをすこしだけひらいてみた。ほっそりしたおなかから、紫色《むらさきいろ》のねじれたロープのようなものがでていた。そして、その下に小さなものが見える。

「男の子なんだね」ビルはささやいた。「ぼくの弟だ」

もう一度包み直すと、リリーおばさんが紅茶を持ってきてくれるまで、ずっとゆらしつづけた。ビルは赤《あか》ん坊《ぼう》をリリーおばさんに抱《だ》いてもらって、熱くて甘《あま》いお茶をすすった。そのあいだ、赤《あか》ん坊《ぼう》はリリーおばさんの腕《うで》のなかでゆられている。赤《あか》ん坊《ぼう》からビルに視線を移したおばさんの頰《ほほ》には涙《なみだ》が流れていた。

「まさか、母さんが……」

「いまは眠《ねむ》ってる」リリーおばさんがいう。「休むのがいちばん。ボグルさんがついていてくれるから。それに、フレッドが走ってお医者さんを呼びにいってる」おばさんはビルにむかって微笑《ほほえ》んだ。「赤《あか》ん坊《ぼう》をうむっていうのはみんなそうなんだけど、あなたの母さんは、命をかけてがんばったの」おばさんは赤《あか》ん坊《ぼう》のおでこにキスをした。「そうやってあなたに命をあたえたのよ。そうでしょ、おチビさん？」そして、ぼくは命をもらった。父さんだって。

お医者さんがきたとき、母さんは高熱に苦しんでいた。それからの二日間、リリーおばさんとボグルさんのめんどうをみるためにビルの家に住んでいるようなものだった。ボグルさんは、母さんは赤《あか》ん坊《ぼう》を抱《だ》いてすわり、ビルにほかの出産や赤《あか》ん坊《ぼう》のことを話したがった。でも、ビルも赤《あか》ん坊《ぼう》を抱《だ》っこしたかった。赤《あか》ん坊《ぼう》もビルの方が好きなようで、ボグルさんに抱《だ》かれるよりビルに抱《だ》かれたときの方がおとなしかった。牛乳をあたためて、ハチミツをすこし足し、赤《あか》ん坊《ぼう》に飲ませた。だれよりも、ビルが片腕《かたうで》に抱《だ》いて、スプーンであたたかい牛乳を飲ませるときにたくさん飲んだ。

「名前をつけなくちゃね」ボグルさんがいう。「名前がないと、ちゃんと話しかけられないよ」

「名前は父さんがつけるから」ビルはいった。父さんの帰りが待ちきれない。赤《あか》ん坊《ぼう》がうまれたつぎの日、手紙を書いて伝えてある。古い羽根ペンをインク瓶《びん》の底にわずかにのこったインクにつけて書き、ちゃんと一ペニー切手を貼《は》ってだした。

父さんへ

赤《あか》ん坊《ぼう》がうまれました。予定より早かったので小さいです。母さんのぐあいがよくありません。どうか、帰ってきてください。
あなたの息子《むすこ》、ウィリアムより

ビルはふだん、ウィリアムというちゃんとした自分の名前を使うことはなかった。それでも、これほど大切な知らせのときには、ウィリアムがふさわしい気がした。封筒《ふうとう》にオードリーエンドの住所がはっきり書かれていることも確認した。手紙が届くまでどれぐらいかかって、父さんがもどるのはいつになるんだろう?

「おまえさんは気づいていないかもしれないけど、きょうは月曜だよ、ビル」ボグルさんがいった。「おまえさんは仕事にいかなくちゃ。もし、いかなかったら、仕事をほかの人にとられちゃうよ。母さんだって、それはこまるんじゃないかい?」

ボグルさんは、まるで自分の家のように洗った鍋《なべ》をガチャガチャいわせ、まちがった棚《たな》にかたづけている。

ビルは家をはなれたくなかった。赤《あか》ん坊《ぼう》からははなれたくない。母さんからも。母さんは、いまではベッドで体を起こせるようになっている。赤《あか》ん坊《ぼう》に母乳をあたえようとさえした。でも、ボグルさんは赤《あか》ん坊《ぼう》にも母さんにも、ハチミツいりの牛乳の方がいいんだといった。

母さんの顔は熱のせいでまだ赤い。ほとんど話すこともできないし、ビルが部屋にいても気づかないようだった。リリーおばさんはビルの家と自分の家をいったりきたりして、洗濯《せんたく》をしたり、食事を作ったり、母さんの世話をしたりしていた。自分の子どもたちのめんどうは、フレッドおじさんと年長の子どもたちにまかせっきりだ。やってきたアルフは、赤《あか》ん坊《ぼう》をつついて泣かせてしまった。

アルフは、シーリーさんたちが、大きいほうのイクチオサウルスとおなかのなかにいたイクチオサウルスを発掘《はっくつ》するようすを伝えようとしたけれど、ビルは関心を示さなかった。ビルはいま、赤《あか》ん坊《ぼう》と母さん、父さんのことだけしか考えられなかった。いま、グランチェスターでいっしょにいたい人はただひとり、赤《あか》ん坊《ぼう》だった。そして、父さんにも早く帰ってきてほしい。

こうした日々《ひび》、自分でも理由がわからないのに、どうしてもとりのぞくことのできない恐《きょう》怖《ふ》がビルにつきまとっていた。お医者さんは母さんはだんだん回復しているといっていたけれど、とつぜん、どんなおそろしい変化が訪れるかわからない。それがビルの恐怖《きょうふ》のひとつだった。それに、お医者さんへの支払《しはら》いの恐怖《きょうふ》もあった。しかし、それ以上の恐怖《きょうふ》がつきまとう。命というのはとてもはかないものだ。摘《つ》みとられて二、三日花瓶《かびん》に活《い》けられたバラの花のように、ほんのささいなきっかけでも花びらを散らしてしまうかもしれない。いや、なにひとつ力が加わらなくても散ってしまうかもしれないのだ。命とはそのようなものだとビルは感じていた。母さんや、赤《あか》ん坊《ぼう》のように愛する人たちの命も、もしビルがちょっとでも目をはなしたら、永遠に消えてしまうような気がしてしかたなかった。

赤《あか》ん坊《ぼう》を抱《だ》いて、そのぬくもりをいとしく思いながらゆすってやる。においや汚《よご》れなんかちっとも気にならないし、ビルの声に反応したり、ビルの顔を目で追うようにしたり、ビルがあくびするとつられたようにあくびをするようすが、たまらなくうれしい。

三日目に、ビルはリリーおばさんにたのまれてパンを買いにいった。

家から目をはなすのはほんの数分のことなのに、ビルが愛する花びらが散るには十分な時間だ。

第30章

ビルは家の裏口からなかにはいった。母さんか赤《あか》ん坊《ぼう》が眠《ねむ》っているかもしれないと思って、ドアをそっとしめる。ボグルさんとリリーおばさんが話す声がきこえてきた。

「サリーはおチビさんにまだ名前をつけてないのかい？」ボグルさんがいう。

「きめたわよ」リリーおばさんが答えた。「ウィリアムにするって。父親の名前をもらって」

「だけど、それはぼくの名前だよ！」ビルはそういいながら部屋にはいった。「兄弟がおなじ名前なんておかしいよ」

リリーおばさんは凍《こお》りついたようにビルを見つめた。ボグルさんは節くれだった手で口をおおい、くすくす笑っている。それから、ビルを指さしていう。「だけど、おまえさんと赤《あか》ん坊《ぼう》は兄弟じゃないじゃないか、そうだろ、ビリー・エルウッド？」

「ボグルさん！」リリーおばさんが、あわてていう。「よけいなことはいわないで」

「なにをいってるんだ？」ビルはボグルさんをにらみつけながらいった。ボグルさんは笑って受け流す。またジンを飲んだんだな。ビルは思った。どうせでたらめなんだろう。でも、そうではないことはビルにもわかった。リリーおばさんが青ざめて、パンを買ってきたことのお礼をいったり、ひと切れいかがと勧《すす》めたりして、話をそらそうとしたからだ。でも、ビルはだまされなかった。

「ボグルさん、いったいどういう意味なんですか？　ぼくと赤《あか》ん坊《ぼう》が兄弟じゃないっていうのは。父さんはこの子の父親じゃないってことですか？」ビルは吐《は》きそうな気分だった。足元がくずれ落ちて、地の底にひきずりこまれる思いだ。

「そんなわけないじゃないか！」ボグルさんはうれしそうに叫《さけ》んだ。「おまえさんは、本気で思うのかい？　この子の父親はおまえの父さんじゃないって」

「ボグルさん！」リリーおばさんは、ボグルさんをドアの方へうながそうとしている。ただ、赤《あか》ん坊《ぼう》を抱《だ》いているのでおずおずとだ。でも、ビルはふたりの前に立ちふさがった。

「教えてよ！」ビルは叫《さけ》んだ。「ほんとうのことを！」

「シーッ！　母さんが起きちゃうでしょ」リリーおばさんがいった。

ビルはもう一度おなじことをいおうと口をひらいたが、それをさえぎるようにリリーおばさんが片手を上げた。「だめなの、ビリー。わたしたちには話せない。わたしたちには話す資格がないから」

「それなら、母さんにきくよ」

けれども、おばさんは二階に上がろうとするビルを止めようと手をのばした。「だめよ。それはだめ。あんな状態なんだから」リリーおばさんはビルの目をしっかり見つめていった。その顔は母さんにそっくりだけど、どこかがちがう。リリーおばさんは深く息をついてからいった。「ビリー、あなたはね、赤ちゃんのときにもらわれたの」

心臓を蹴《け》とばされたようだ。けれど、ほんとうのことだとさとった。だからぼくは、母さんが望むような子どもになれなかったんだ。だからぼくは、いつだってこの家の家族からはみだしているような気がしていたんだ。

「おまえさんは一度も考えたことがなかったのかい?」ボグルさんはくすくす笑いながらいう。手で口をおさえてはいるものの、いいたくてしょうがないようだ。ボグルさんはリリーおばさんを指さしていった。「おまえさんはね、リリーの子なんだよ。リリーとフレッドの。双子《ふたご》のかたわれさ」

またしても、ビルはそれが真実だと直観した。

「小麦粉の袋《ふくろ》にくるまれて運ばれた子っていうのは、ぼくのことだったんだ」ビルはいった。

「そういうことさ」ボグルさんは声をあげて笑う。「ちっぽけな半端者《はんぱもの》は、うまれた瞬間《しゅんかん》に捨てられたんだよ。『わたしに見せないで』リリーはそういったんだ。『とてもじゃないけど見られない』ってね。あたしゃ、おまえさんを小麦粉の袋《ふくろ》にくるむしかなかったのさ。産着《うぶぎ》と毛布はつぎにうまれてくる子のためにとっておかなきゃならなかったからね。つぎにうまれてきたのが、もちろんアルフだったのさ。ふたりはそっちを育てることにした。アルフがうまれて、あたしは赤《あか》ん坊《ぼう》をくるんだ小麦粉袋《ぶくろ》をショールにかくして、待っていたサリーのところに持ってきたんだ。フレッドは赤《あか》ん坊《ぼう》がふたりうまれたなんてまったく知らない。リリーとサリー、ウィリアムだけが知っていることさ。もちろんあたしもだけどね」

リリーおばさんは赤《あか》ん坊《ぼう》を抱《だ》いたまま壁《かべ》にもたれかかっている。そして、ビルを見ながら泣いていた。ビルはリリーおばさんのとり乱した顔から、ボグルさんの上機嫌《じょうきげん》な顔へと視線を移した。

「あたしゃ、そろそろ帰ったほうがよさそうだね」ボグルさんがいった。ビルが脇《わき》にどくと、ボグルさんは玄関《げんかん》のドアをあけた。「おやまあ、こっちにむかって歩いてくるのは父さんじゃないか、ビル！」

でも、父さんはビルの父さんじゃない。母さんはほんとうの母さんではない。ビルはリリーおばさんを見た。リリーおばさんは顔をそむけた。ほんとうの母さんであるリリーおばさんはアルフを選んだ。そして、ひと目見ることもないまま、このぼくをまるで野菜かなにかのように袋《ふくろ》にくるませて追い払《はら》った。そして、いまもぼくのことを見ようとしない。母さんの赤《あか》ん坊《ぼう》を、わが子のようにしっかり抱《だ》いているというのに。あたたかくて甘《あま》い香《かお》りの髪《かみ》をした赤《あか》ん坊《ぼう》は、結局、ぼくの弟じゃなかった。

ビルは裏口からとびだした。

第31章

ビルは父さんが歩いてくる道をさけて、牧草地を走った。

雪はやんでいたが、世界は凍《こお》りつくような冷たい分厚い霧《きり》におおわれていて、ビルの頭にまとわりつき、頭痛がしてくる。ビルはなんのしがらみもない友だちにむかって走っていた。ドリーだ。

ドリーは牧草地のゲートのところに立っていた。ビルはゲートによじのぼり、ドリーのがっしりとした首にすがりついた。そして、あたたかいたてがみに顔をうずめた。ドリーは大きな頭をめぐらせて、ビルの脇腹《わきばら》に鼻面《はなづら》をすりつけてくる。ビルはドリーのかたい頭から、ビロードのようなつるっとした感触《かんしょく》の鼻面《はなづら》までなでおろした。ドリーのあたたかい息が、冷たい空気へと吐《は》きだされる。ドラゴンの息だ。ビルはそう思った。実際にはそれが、空気中にとどまるぐらい小さな水の粒《つぶ》でできた蒸気だと知っているけれど。空気はどうやって水に変わるんだろう？　父さんなら知っているかもしれない。でも、父さんはぼくの父さんじゃない。父さんには、いろんなことを教える新しい本物の息子《むすこ》ができたんだ。

「みんな嘘《うそ》つきだ」ビルはドリーの鼻をなでながらいった。「だれもぼくのことなんかほしがらないんだ。ぼくだってだれもいらない。ねえ、ドリー、ぼくを遠いところにつれていっておくれよ」

ドリーは鼻を鳴らしながら大きな頭を上下にふった。ビルにはドリーが賛成してくれているように思えた。ゲートの上からドリーの大きな背中にまたがるのはかんたんだった。片手でたてがみをつかみ、もう片方の手でドリーをゲートにつないでいたロープをほどく。ビルは舌を打ち鳴らしていった。「さあいこう」

馬には二、三度しか乗ったことがない。ドリーの背中はとても広いので、ビルの足は大きく広がって、まるで寝《ね》そべっているみたいになった。ドリーはゲートを押《お》しあけて、外にでた。農園の犬が一匹《ぴき》あらわれて霧《きり》のなかでキャンキャン吠《ほ》えたので、ドリーはおどろいて速足になった。ビルはしっかりしがみつく。

「うわっ、ドリー！」犬がもう一匹《ぴき》あらわれて、ドリーの足元で鳴きたてる。ドリーは速足から一段と速い駆《か》け足になった。大きなゆったりした木馬に乗っているようで、乗り心地《ごこち》はよかった。やがて犬をひきはなして、どちらの方角を見てもただ明るい灰色の世界が広がっているような霧《きり》のなかへとかけていった。ビルのまつ毛に霧《きり》の水滴《すいてき》がまとわりつくので、しきりにまばたきをする。湿《しめ》った空気は冷たいが、駆《か》け足のスピードで気分が高ぶる。どこでもない場所にいるような気がした。時間も止まってしまったみたいだ。建物もなにもない。なにより、ビルにはいくところがなかった。

いまごろ父さんは家に着いて、ほんとうの息子《むすこ》と会っているだろう。

ビルはあの赤《あか》ん坊《ぼう》が大好きだった。ビルは新しい命を育《はぐく》み、うみだした母さんのことがあらためて好きになっていた。ビル自身もおなじようにリリーおばさんからうまれてきたんだ。

そのとき、もうひとつ、大きな体のなかにある小さな体が、ビルの心のなかにうかんできた。そして、ビルにはとつぜんわかった。

「ワニくんはお母さんだったんだ！」ビルは霧《きり》のなかで叫《さけ》んだ。「ワニくんは雄《おす》じゃなくて雌《めす》で、おなかに赤ちゃんがいたんだ。食べたんじゃない！」ビルは声をあげて笑った。

いまビルには行くべき場所ができた。シーリーさんはイクチオサウルスは卵をうむといっていた。トカゲや魚のように。でも、それはちがう！　自分が気づいたことをシーリーさんに伝えなければ。

ビルはドリーを走らせて牧草地を抜《ぬ》け、ケンブリッジへとつづく川沿いを進みはじめた。ケンブリッジではガス灯が霧《きり》をぼんやり光らせていた。ビルはさらにシドニー・サセックス・カレッジにむかった。ドリーを近くの柵《さく》につなぐと、守衛所にいってたずねた。「ハリー・シーリーさんにお取り次ぎいただけませんか？　博物館の」

「シーリーさんがおまえなんかに会うとは思えんがねえ」守衛は霧《きり》でぐっしょり濡《ぬ》れ、寒さにふるえているビルのようすを見て顔をしかめている。

「いやいや、ぜひとも会いたいもんです、ジェンクスさん」角を曲がってシーリーさん本人がとつぜん姿をあらわした。「荷物をとりにきたんですが、わたしていただけますかね。ところで、ビル。どうしたんだい？」

「シーリーさん、ぼく気づいたんです。ぼくのイクチオサウルスと小さいイクチオサウルスのことで。ぼく、思ったんです、あれは……」

「わたしの部屋で話そうか」シーリーさんは守衛から茶色い小包を受けとりながらいった。「暖炉《だんろ》は燃えているし、お茶とホットケーキをだしてあげよう。そのあとでじっくりきかせてもらおうか」

シーリーさんはビルを導いて石畳《いしだたみ》の中庭へとはいっていった。そこでは太陽が顔をだし、霧《きり》が水滴《すいてき》になってきらめきはじめている。まわりに立っている石像を見ていると、妖精《ようせい》の国へでも足を踏《ふ》みいれたような気分になる。ビルはシーリーさんを追って、幅《はば》の広い木の階段をのぼった。

シーリーさんの部屋の大きな革張《かわば》りの椅子《いす》に落ち着くと、ビルはあの小さなイクチオサウルスが、大きな方の赤ん坊《あかぼう》だという可能性はないのかとたずねた。

「共食いをしていたというのより、ずっとありそうに思えるんです。ワニくんは、残酷《ざんこく》な共食い魔《ま》というよりは、お母さんなんじゃないですか？　きっと出産の直前だったんだと思うんです」

「こいつはおどろいた。きっと、きみは正しいにちがいないよ」シーリーさんは両手を上げて、小さく笑いながら拍手《はくしゅ》した。「すばらしい！」

「シーリーさんは赤ちゃんがうまれてくるところを見たことありますか？」

「いいや、ないねえ」シーリーさんはそういって、じっとビルを見つめる。「きみの化石の発見でいちばんすごいのは、イクチオサウルスがわたしたちが研究してきたほかのすべての巨大《きょだい》な古代生物とはちがうということなんだ。イクチオサウルスはほかの恐竜《きょうりゅう》のように卵で繁殖《はんしょく》するのではないっていうことだ。きみのイクチオサウルスは哺乳類《ほにゅうるい》のように赤ん坊《あかぼう》をうむんだね。そう、人間とおなじように。こいつは、ほんとうにおどろきだ」

「あの手やひれの骨みたいに、人間はイクチオサウルスとほんとうに関係があるってことを示しているんでしょうか？」

「そうかもしれないね。すばらしい。なんてすごいんだ！　ウィリアム・エルウッドくん、きみがいなければ、こんなにすばらしい発見はできなかったよ。紅茶には砂糖をいれようか？」

ビルは答えなかった。

「どうしたのかな？」シーリーさんがたずねる。

「ぼくはウィリアム・エルウッドじゃないんです。いまはもう。その名前は、いまでは別の人の名前なので」

「どういうことなのか、教えてもらえるかな？」シーリーさんはとけたバターのしたたる熱々《あつあつ》のホットケーキを食べるために、椅子《いす》に深く腰《こし》かけた。

そこでビルはなにもかも話した。そして、父さんが帰ってきたこと、けれど、父さんはもう自分の父さんじゃないことを話しているときには、ビルは泣いていた。

「生物学的に実の父親ではない人に育てられている人はたくさんいるんだがね」シーリーさんはいった。「親の仕事っていうのは、子どもを世に送りだすことよりも、めんどうを見て育て上げるほうがずっとだいじだとわたしは思うけどね」

「キリストのお父さんのヨゼフは、生物学的父親じゃありませんよね」ビルはいった。それをきいて、シーリーさんは笑い声をあげた。なぜだか、泣いていたビルも笑いはじめていた。そのため、ドアがあいて守衛がふたりのお客さんをつれてきたのには、ふたりとも気づかなかった。

「ビリー」

それは父さんだった。

父さんの横に立ってにんまり笑っているのはアルフだ。「おれがきっとここだろうって教えたんだ。やっぱりそうだった」

「ビル」父さんはもう一度いった。なんだかおびえているようだ。「家に帰らないか、ビル?」

父さんは両手をさしだした。ビルは立ち上がって、父さんの腕《うで》のなかに歩み寄った。父さんはしっかり抱《だ》きしめてくれた。生物学的父親だろうがそうじゃなかろうが、父さんは父さんだ。それは変わることはなかった。

「ほらね」アルフが笑った。「だいじょうぶだってわかってたよ」

第32章

「ああ、ビリー！」ビルが家にはいると母さんはそういった。赤《あか》ん坊《ぼう》を抱《だ》いていたが、立ち上がると赤《あか》ん坊《ぼう》を父さんにわたして、ビルにむかって両手をのばしてきた。そのとき、ビルにはわかった。父さんが父さんであるのとおなじように、母さんもまたぼくの母さんなんだと。そのことにおどろきもしたし、安心もした。「おまえには、なにもかも話してあげる。なにもかもよ」母さんはそういった。

母さんはビルに、長い長いあいだ秘密にしてきたことを話してくれた。母さんはビルの手をにぎり、しっかりビルの目を見つめながら語った。母さんと父さんが子どもの誕生を待ち焦《こ》がれていたこと。何度も妊娠《にんしん》しながら、そのたびに流産してしまったり、うまれてきてもすぐに死んでしまったりしたこと。自分たちの家をどれほど居心地《いごこち》よくして、すてきなものをそろえても、ふたりにとって、子どもがいなければなんの意味もなかったこと。そのあいだにも、当時グランチェスターに住んでいたリリーおばさんとフレッドおじさんにはつぎつぎと子どもがうまれていた。そして、スミス家は子どもが多すぎて、満足な食事や洋服をそろえることもできなくなっていた。

そんなとき、またもや妊娠《にんしん》したリリーおばさんのおなかのなかには、ほぼまちがいなく双子《ふたご》がいるとボグルさんがいったとき、ひとりを姉のサリーにもらってほしいといいだしたのはリリーおばさんだった。おなじころ母さんも妊娠《にんしん》したものの、またしてもうまれてすぐに死んでしまう。「赤《あか》ん坊《ぼう》が死んだことをだれにもいっちゃだめ」リリーはそういった。「わたしの赤《あか》ん坊《ぼう》をひきとれば、だれも気づきっこないんだから。フレッドさえね」

これがことの真相だった。しかし、母さんは真実が明らかになることを死ぬほどおそれ、リリーとフレッドにお金を払《はら》って、サフォークへ引っ越《こ》してもらった。

「けっしてもどってこない約束だったの」母さんはいった。そこでちらっとリリーおばさんを見た。「だけど、もどってきた。わたし、こわくてこわくて……」

「だけど、わたしは教えたりしなかったでしょ、ね、ビル？」リリーおばさんがいった。「うちの子たちは、だれもあなたがただのいとこじゃないことを知らなかった。フレッドもね」

「ということは、あの子たちはみんなぼくの兄弟姉妹《きょうだい》ってこと？　そして、アルフは……」

「双子《ふたご》の兄弟よ」とリリーおばさん。「ふたりは夜中に日をまたいでうまれたから、誕生日はちがうの」

ビルはアルフを見た。

「おいおい、そんな顔でおれを見るなよ、ビリー」アルフがいった。「おれにとっては、兄弟がひとりぐらいふえたって、なんにも変わらないんだよ。たとえそいつが、『靴《くつ》はきれいにぬぐって家にはいりましょう』なんていうお上品な家で育ったとしてもな！」それから、腕《うで》をビルの首に巻きつけると、床《ゆか》に押《お》したおし取っ組み合った。

「ぼくは、だれと暮らしたらいいんだろう？」しばらくして立ち上がったビルは、おそるおそるだれにともなくたずねた。おどろいたことに、母さんがビルの腕《うで》をがっちりつかんでいった。

「わたしたちよ、あたりまえじゃないの。ここがおまえの家なんだから。おまえはわたしが愛するビリーなのよ。お願いだからわたしたちを見捨てるなんていわないで！」

「だけど、赤ちゃんがうまれたんだし」ビルがいった。「それに、ウィリアム・エルウッドって名づけたんだよ。この子こそ本物のウィリアムなんだ」

父さんが赤《あか》ん坊《ぼう》をゆすりながら咳払《せきばら》いをした。「なあ、ビリー、ウィリアム・フレデリック・エルウッド。もしお前が助けてくれなかったら、そもそもこの子は生きていなかったってきいたぞ。この子はおれたち夫婦だけじゃなく、おまえの子でもあるんだよ。おまえが命をあたえてくれたんだから。それに、もちろん、おまえはこの子の兄貴なんだ」父さんは赤《あか》ん坊《ぼう》をビルの腕《うで》にあずけた。目をさまして、くすんだ青い目の焦点《しょうてん》をビルの顔にあわせようと、顔をしかめている。「この子をウィリアムって呼んだのはバカげたことさ」父さんがつづける。「ただ母さんの頭のなかで、血を分けた息子《むすこ》にはその名前をつけなきゃという思いこみがあって、ふと口にだしただけだよ。その名前にする必要はないんだ」

「あなたがダリアの栽培業《さいばいぎょう》をはじめるとしたら、会社の名前は『ウィリアム・エルウッド親子園芸社』にするっていったわよね、覚えてる?」母さんがいった。

「ああ、だからといって……」と父さん。

「ウィリアムでいいじゃない」ビルがいった。「ぼくは気にしないよ。ビルって呼ばれるんじゃない限りはね」

「じゃあ、おまえもこの子に名前をあげてちょうだい、ビリー」母さんがいう。「ウィリアムとエルウッドのあいだにつける名前を」

「そいつはいい考えだ!」と父さん。「さあ、ビル。どんな名前でもいいぞ」

「イクチオサウルス」ビルはいった。

「なんだって?」父さんがきき返した。

こうして、赤《あか》ん坊《ぼう》はウィリアム・イクチオサウルス・エルウッドと呼ばれることになった。「なんだか、特別なひびきの名前ね。本物の紳士《しんし》みたい」母さんがいった。「それに、ふだんはフルネームで呼ぶ必要はないわけだし」

そののち、赤《あか》ん坊《ぼう》の洗礼式の際、その名前をきいたバックルの奥《おく》さんは、退席した。でも、牧師さんは反対しなかった。

「この子はウィリアムよ。ただのウィリアム」母さんはみんなにそういった。でもすぐに、だれもがその赤《あか》ん坊《ぼう》をイクチーと呼ぶようになった。母さん以外は。そして、さらに縮まってイチーになった。

ビルは、ビルかビリーのままだ。なにか問題を起こしたときだけウィリアムと呼ばれる。そして、エルウッドのままでもある。けれど、スミス家のごちゃごちゃした家にも受けいれられて、愛され、からかわれ、よくいっしょに食事もした。ビルはみんなのものだ。両方の家のさわがしさやごたごたからにげだしたくなったら、大きく、強い、やさしいドリーのところにいって語りかけた。

ボグルさんが噂《うわさ》を流したあと、村の人たちはビルを指さしてこそこそささやいたりしたかもしれないけれど、ビルはあんまり気にしなかった。どうせ、ずっとこの村にとどまるつもりはなかったからだ。

シーリーさんは、ビルには科学者の素質があるといった。シーリーさんによれば、科学者というのは、知らないところへいって、知らない人たちと出会い、観察、発見、疑問を通して新しい考察を得る人間だといった。そして解答を見つけだす。ビルは以前よりもたくさんの人に愛され、強い絆《きずな》も手にいれたけれど、自由を感じていた。

「おまえとはちがうんだよ、太っちょのイチー」ビルは赤《あか》ん坊《ぼう》の弟に話しかける。「おまえはここにいて、『親子園芸社』のパートナーになるんだぞ」

シーリーさんが二体のイクチオサウルス発見に対して、かなりの謝礼金がでるだろうといっているので、父さんはいよいよ本気でダリアの栽培《さいばい》会社をはじめようと計画している。


春になり、あたり一面緑に染まるころ、ビルは狭《せま》くて窮屈《きゅうくつ》な学校にもどっていた。悪臭《あくしゅう》を放つテッド・ディリーとグスグス鼻を鳴らすジム・ポーリーにはさまれてすわっている。アルフもいるし、スミス家から兄弟《きょうだい》姉妹たちもやってきていた。スネリング先生の授業はあいかわらずだ。けれどもビルは、首をひねって窓の外ばかり見るようなことはあまりしなくなった。ビルは手本どおりにきれいに文字を書くことに一生懸命《いっしょうけんめい》だ。つづりも学んでいるし、計算もがんばっている。そうした技術が必要だと感じているからだ。多くのことを学べば学ぶほど、村から遠くはなれたところまでいけるといまは知っている。

ビルはすでにロンドンまでいったことがある。父さんとシーリーさんとでロンドンの大きな博物館に展示されたイクチオサウルスを見るためだ。その化石のラベルには、発見者として『ウィリアム（ビル）・フレデリック・エルウッド』と書かれていた。

ビルはしょっちゅうそれを思い出す。

そのたびに、にんまり笑ってしまう。まるでワニくんのように。

著者あとがき

グランチェスターはケンブリッジ郊外《こうがい》にある実在の村です。何世紀にもわたって、村人の暮らしは農業を中心にまわっていました。農場で働く人たちのほかにも、鍛冶屋《かじや》やパン屋、肉屋や洗濯《せんたく》を仕事とする女性たち、家庭を切り盛りする妻たちや農場を支えるさまざまな職業の人たちもいました。ところが、一八五〇年代にびっくりするようなことが起こります。コプロライトが発見され、その発掘《はっくつ》で、穀物や野菜、家畜《かちく》を育てるのとは比較《ひかく》にならないぐらいのお金が、村の畑の所有者たちにもたらされるようになったのです。こうして、コプロライトの採掘《さいくつ》会社がやってきます。お金持ちになる人もでてきましたし、新しくやってくる人も増えました。そして、景色とともに、人々《ひとびと》の考え方も変わっていきます。

コプロライトということばは、イギリスのドーセットで発見されたイクチオサウルスの骨格化石のなかにあった「かたまり」を見つけたウィリアム・バックランド牧師が名づけました。それらは、胃のなかにあったもので、なかには糞《ふん》に見えるようなものもありました。そこでバックランド牧師は、ギリシャ語で糞《ふん》を意味するコプロスと、石を意味するライトスからこのことばをうみだしました。コプロライトのなかには実際に化石化した糞《ふん》もありますが、そのほとんどは、ただ単に、ごちゃまぜになった骨や鱗《うろこ》、歯や貝殻《かいがら》が何百万年という時間のあいだにかたくなって、「コプロライト層」という地層をなしたものです。

では、どうしてコプロライトが採掘《さいくつ》されるようになったのでしょうか？　それはコプロライトにはリン酸がふくまれていて、穀物を大きくじょうぶに育てるよい肥料になったからです。コプロライトを砕《くだ》いて硫酸《りゅうさん》と反応させると、水に溶《と》けて地面にしみこむ粉末になります。そして、植物の根に吸収されるのです。産業革命にともなって、イギリス全土で増える工場労働者や鉄道建設作業員たちに食糧《しょくりょう》を供給するために、より多くの穀物の生産が求められるようになっていました。

一八五九年、グランチェスターの五エーカーの土地が、所有者であるケンブリッジのキングズカレッジから貸し出されて、この村でコプロライトの採掘《さいくつ》がはじまります。一八六〇年四月にはさらに七エーカー追加されました。そのなかには、サミュエル・ウィドノールとその母親が花の栽培地《さいばいち》として借りていた土地もふくまれています。

この地域では一八六〇年以前に、すでに興味深い古代生物の化石が、農民やレンガ職人たちによって発見されていました。クマやオオカミ、イノシシの骨が粘土層《ねんどそう》から発見され、マンモスやサイ、カバやイクチオサウルスの化石が砂利《じゃり》の採掘場《さいくつじょう》から発見されています。これらの生物はおなじ地域に生息していましたが、生きていた時代はまったくちがいます。

このころまでに、恐竜《きょうりゅう》やその他の生物の化石が世界じゅうで数多く発見されており、それらを研究して、地球の生命がたどってきた歴史を解き明かそうという試みがおこなわれていました。一八五九年にはチャールズ・ダーウィンの著作『種の起原』が出版されました。ダーウィンの研究から、動物や昆虫《こんちゅう》、鳥も植物も長い時間をかけて変化してきたことが示唆《しさ》されました。しかし、ほかの科学者や聖職者たちは、世界は神によって人間のために創《つく》られたという説を曲げようとしませんでした。つまり、人間は世界が誕生した瞬間《しゅんかん》からいまの姿で存在していたということです。本書の舞台《ぶたい》となる時代には、このことについてはげしい議論や小競《こぜ》り合いが始終おこなわれていました。聖職者たちが特に腹立たしく思ったのは、人間は猿《さる》から進化したという部分に対してでした。

牧師でもあったアダム・セジウィックは、一八六〇年当時、ケンブリッジ大学の地質学教授を務めていました。チャールズ・ダーウィンの先生ですが、ともに化石の研究をしていたものの、ダーウィンの進化論は受けいれていません。アダム・セジウィックはメアリー・アニングからイクチオサウルスの化石を五十ポンドで購入《こうにゅう》しました。この化石のレプリカと、ふたりのあいだで交《か》わされた絵入りの手紙は、いまでもケンブリッジのセジウィック博物館で見ることができます。この博物館の名前は、もちろん、アダム・セジウィックにちなんでつけられました。この化石の現物は現在、ロンドンの自然史博物館に展示されています。

一八六〇年当時、アダム・セジウィックには後に偉大《いだい》な科学者、教師になる若い助手がいました。ハリー・ゴビエ・シーリーです。シーリーは恐竜《きょうりゅう》の分類で顕著《けんちょ》な功績をのこしました。一八六〇年代、シーリーは頻繁《ひんぱん》にコプロライトの採掘場《さいくつじょう》と洗浄機《せんじょうき》に足を運んでいました。採《さい》掘場《くつじょう》の作業員たちは、おもしろい石がでたら、シーリーのためにとっておきました。シーリーがこのようにして発見した化石も、セジウィック博物館で見ることができます。

メアリー・アニングとその兄は、一八〇〇年代のはじめ、ふたりがまだ幼いころから化石を集めはじめました。海辺のライム・リージスに住んでいたふたりは、嵐《あらし》や大潮のあとの崖《がけ》や海辺をさがして化石を集めていました。はじめのうち、メアリーは旅行客に売るために化石を集めていましたが、成長するにつれてすぐれた専門家になり、化石のことを知らない学問好きの紳士《しんし》たちに教えるまでになりました。最初のイクチオサウルスを発見したのもメアリー・アニングです。

イクチオサウルスは恐竜《きょうりゅう》以前から地球にいました。卵をうむ恐竜《きょうりゅう》とはちがって、イクチオサウルスは卵胎生《らんたいせい》、つまり、赤《あか》ん坊《ぼう》をうみます。おどろくことに、いまでは恐竜《きょうりゅう》が鳥類に進化したと考えられはじめています。人間は爬虫類《はちゅうるい》から進化した哺乳類《ほにゅうるい》から進化しましたが、その爬虫類《はちゅうるい》は両生類から、両生類は魚類から進化したのです！ イクチオサウルスやプレシオサウルスといった魚竜《ぎょりゅう》は袋小路《ふくろこうじ》にはいりこんで、現在生きている生物にはつながっていないと考えられています。しかし、進化がどのような過程をたどったかについては現在も研究がつづけられていますので、すべての答えが明らかになったとはいえません。

シャーロット・スネリングは、一八六〇年代にグランチェスター村に実在した教師です。何人かの年長の少女たちに手伝ってもらいながら、ひとつの教室で百人以上の生徒を教えていました。のこされた写真では、スネリング先生は髪《かみ》を細かい巻き毛にしています。コプロライトの採掘《さいくつ》によって、学校にはさらに多くの生徒がやってきて、たくさんのお金ももたらされたので、一八六七年にはずっと大きな学校が建てられました。そして、その学校こそ、百年後にわたしが通った学校なのです。

サミュエル・ページ・ウィドノールは、ダリアの育種家として有名だった父親から、園芸の仕事をひきつぎました。一八六〇年には母親と妻とともに村の古い牧師館に住んでいました。サミュエル・ウィドノールは発明や物作りが好きで、現代、つまり、その当時の世界にあらわれた恐竜《きょうりゅう》が登場する物語も書いています。わたしは、ビルとアルフのドラゴン・ショーを見てひらめきを得たにちがいないと勝手に空想しています！

村の記録には、大きな農園を営んでいたフレデリック・ライリーに関する記述もあります。ライリーは、コプロライトの採掘《さいくつ》作業員小屋を「荒《あ》らした」者を告発した者に、当時の一か月分の給料に相当する五ポンド提供することを申し出たと記録されています。ただ、わたしは、「荒《あ》らした」ということばのなかに火を放って燃やしてしまったことがふくまれているかどうかは知りません。

ジェイムズ・ナターは一八六〇年に村にいた製粉業者で、何代にもわたってその仕事をしていました。ライト農場にはフォークスという老婦人がいましたし、一八六〇年のグランチェスターにはバグズ通りという住宅地もありました。

ビルの家族は完全な創作です。牧師とその妻もそうです。当時、実際に牧師だったのはマーティンという人で、スネリング先生のために家を建てたり、村の子どもたちに、より大きくてりっぱな学校を立てる際に力を尽《つ》くした人たちのひとりです。

ピッパ・グッドハート

訳者あとがき

主人公のビルは、大学都市ケンブリッジにほど近い小さな村で暮らしています。父は経験豊かな園芸家として、長年責任ある仕事をまかされています。貧しい人の多い村ではありますが、自分たち家族は恵《めぐ》まれているとビルは思っていました。ある事件が起こるまでは。

その事件以降、父は職を失い、母の健康はどんどん悪化し、親子の関係もぎくしゃくしてきます。そんな折、ビルが「コプロライト」の採掘《さいくつ》現場ででくわしたのは、にったり微笑《ほほえ》む古代生物の化石、「ワニくん」でした。ワニくんはその微笑《ほほえ》みでビルたちを救ってくれるのでしょうか？　それとも、不幸のどん底へと落ちていくさまをあざわらっているのでしょうか？

ワニくんの正体をめぐる謎《なぞ》にくわえて、この小さな村で起こった放火事件もビルの運命に重くのしかかってきます。ワニくん発掘《はっくつ》の相棒アルフの父親に放火の嫌疑《けんぎ》がかけられ、真犯人が見つからなければ絞首刑《こうしゅけい》に処されるかもしれないのです。ビルとアルフはなんとか救おうと奔走《ほんそう》するのですが、はたして真犯人は……。

苦境からのがれようとがんばるビルの原動力は、なんといってもその好奇心《こうきしん》です。さまざまな疑問をいだき、その疑問についてつぎからつぎへと思考を展開していく探究心こそが、未来への扉《とびら》をひらく鍵《かぎ》となりました。

著者のピッパ・グッドハートは、日本ではまだその作品が紹介《しょうかい》されたことはないようですが、イギリスではすでに百冊を超《こ》える著書のある人気作家です。本書の舞台《ぶたい》、グランチェスター村で生まれ育った少女時代を想像すると、好奇心旺盛《こうきしんおうせい》で、知識を求めてやまず、広い世界へ飛びだしていくことを夢見るビルと重なるような気がしてなりません。

この作品を翻訳《ほんやく》中、東京の大英自然史博物館展で、メアリー・アニングが発見したイクチオサウルスの化石と出会うことができました。そう、ワニくんのモデルになったと思われる化石です！

なお、本文中、赤ちゃんにハチミツをいれた牛乳を飲ませるシーンがありますが、現在では一歳《さい》をすぎるまで赤ちゃんに牛乳を飲ませることは避《さ》けるべきとされています。アレルギーを起こしたり、うまく消化できない可能性があるからです。また、ハチミツはボツリヌス菌《きん》の感染の心配があるため、やはり、一歳《さい》まではあたえないほうがよいとされています。

二〇一七年十月　　　　　　　　千葉茂樹

著者　ピッパ・グッドハート

イギリスのケンブリッジ郊外、グランチェスター村で生まれ育つ。インピントン・ビレッジ・カレッジ卒業後、児童書専門店で働きはじめ、その後、教師のかたわら作家として活躍。絵本の原作から小説まで100冊以上を上梓。代表作にローラ・オーウェン名義で出版した「Winnie the Witch」シリーズがある。

訳者　千葉茂樹

1959年、北海道生まれ。国際基督教大学卒業後、児童書編集者を経て翻訳家に。『ブロード街の12日間』『スピニー通りの秘密の絵』（以上あすなろ書房）、『シャクルトンの大漂流』（岩波書店）、『世界が若かったころ』（理論社）、『甲虫のはなし』（ほるぷ出版）など訳書多数。北海道札幌市在住。

笑う化石の謎

2017年11月30日　初版発行
2018年7月5日　3刷発行

著者　ピッパ・グッドハート
訳者　千葉茂樹
発行者　山浦真一
発行所　あすなろ書房
〒162-0041 東京都新宿区早稲田鶴巻町551-4
電話 03-3203-3350（代表）
印刷所　佐久印刷所
製本所　ナショナル製本

ISBN978-4-7515-2876-1 NDC933 Printed in Japan

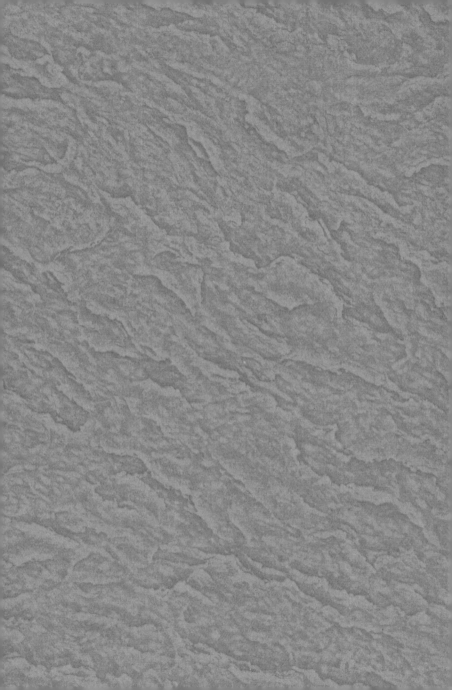